Слава Бродский

Релятивистская концепция языка

Научно-литературная композиция

Manhattan Academia

Слава Бродский
Релятивистская концепция языка
Manhattan Academia, 2007 – 120 с.
www.manhattanacademia.com
mail@manhattanacademia.com
ISBN: 978-0-6151-8454-8

Книга содержит описание новейшей лингвистической концепции релятивизма, включающей положения об относительности различных процессов, связанных с человеческим языком, и ограниченности взаимопонимания между людьми. В приложениях показано отношение концепции к литературе и другим областям человеческой деятельности. Приводятся примеры, касающиеся норм литературного языка, научных и судебных споров, присуждения премий по литературе и создания прозаических и поэтических переводов.

Наташе

Содержание

Предисловие

В этих заметках я буду рассматривать самые общие проблемы языка и практически не буду затрагивать никаких вопросов, связанных со спецификой каких-либо естественных языков. Хотя я выражу свое мнение о том, какое воздействие оказывает вводимая мной релятивистская концепция языка на общепринятые суждения (тоже, кстати, довольно общие) о естественных языках и какое развитие она получает применительно к общим вопросам естественных языков.

Я буду высказывать свои суждения только о том, в чем я хотя бы в какой-то мере разобрался, и время от времени буду делать некоторые утверждения, которые, как я надеюсь, не будут ни заведомо ложными, ни совершенно бессмысленными. Я не ставлю перед собой такой цели, как критиковать кого бы то ни было. А также не буду в своих заметках делать никаких обзоров работ в соприкасающихся областях. Я буду только упоминать те работы, которые заслуживают внимания по отношению к рассматриваемой мной концепции релятивизма в языке.

С учетом всего изложенного, а также по некоторым другим причинам я допускаю, что стиль моего изложения может показаться кому-то нетрадиционным при обсуждении вопросов языкознания.

Моя концепция релятивизма в языке основана на идеях довольно простых, и я вполне допускаю, что кто-то размышлял о них еще до меня. Впервые я задумался об этом в середине 70-х годов, когда, как мне кажется, подобные идеи висели в воздухе. Я не предполагал тогда, что когда-нибудь буду снова о них размышлять. И вот сейчас в силу сложившихся обстоятельств мне все-таки пришлось к ним вернуться, и, по-моему, мне удалось сделать кое-какие интересные выводы на базе моих первоначальных мыслей и довести все это до некоторого логического завершения.

На первых порах только небольшая часть тех, кто знакомился с моей концепцией, приняла все ее положения сразу же после первого их прочтения. А от других я получил довольно много возражений. Однако же после моих ответов на эти возражения мои оппоненты, как правило, соглашались со мной. И я до сих пор просто поражаюсь, насколько быстро все перешли от настойчивого отрицания концепции к полному ее принятию. А некоторые даже стали говорить, что они, в общем-то, всегда примерно так и думали обо всем об этом, но только не могли свои мысли подобающим образом выразить. Я, конечно, очень рад, что мысли наши совпали в конце концов, и я даже вставил те возражения, которые мне запомнились, и мои ответы на них в окончательный текст заметок. Надеюсь, что это поможет читателям преодолеть какие-то трудные места.

К тому моменту, когда я работал над редактированием заметок, согласных со мной людей набралось уже довольно приличное количество. Некоторые из них даже стали говорить, что поскольку в моей работе все ясно, просто и не вызывает никаких возражений, то они сомневаются, стоит ли ее опубликовывать. И мне теперь приходится отшучиваться и говорить, что я постараюсь добавить немного какой-нибудь абракадабры, чтобы целесообразность публикации моего труда не вызывала ни у кого никаких сомнений.

Каждому из основных разделов заметок я предпосылаю эпиграфы, навеянные моей турнирной практикой игры в бридж, где проблемы коммуникации стоят очень остро. Эпиграфы к разделам приложения основаны на случайно подслушанных разговорах на пляжах маленького городка Делрэй Бич во Флориде (Palm Beach County), где я работал над своими заметками. Я надеюсь, что все эти эпиграфы помогут тем, кто не согласен (или не вполне согласен) с моей концепцией и принимает все близко к сердцу, хотя бы в какой-то мере ослабить внутреннее напряжение.

Еще одно замечание. Несмотря на то что я привожу много математико-статистических аналогий, работа моя не является математическим трудом. Читатель не должен искать в ней доказательств моих утверждений. Однако взамен доказательств я привожу некоторые доводы, которые, как я надеюсь, будут выглядеть достаточно убедительными.

Слава Бродский
Делрэй Бич, Флорида
31 июля 2007 г.

Введение

Прежде чем я начну делать какие-то выводы о языке, мне хотелось бы уточнить, о чем будет идти речь. До какой степени это можно уточнить? Можно ли дать формальное определение понятия «язык», подобно тем определениям, которые даются, скажем, в математике? Конечно, такое определение дать можно, но для этого надо и поступить так же, как это делают в математике. То есть такое определение надо давать не на обычном языке, с помощью которого мы общаемся друг с другом в повседневной жизни, а на специально для этой цели сконструированном искусственном языке.

Самые первичные определения в математике базируются на понятиях неопределяемых, которые удовлетворяют системе некоторых постулатов, или аксиом. Подобным образом можно построить и систему лингвистических определений. (Такие попытки реально делаются.) И тогда такое аксиоматическое построение, возможно, будет иметь смысл в каких-то технических приложениях.

Тем не менее люди, далекие от математики вообще и от проблем аксиоматического построения в частности, все-таки пытаются дать формальные определения языка и прочих окружающих его понятий в терминах обычного языка, с помощью которого люди общаются друг с другом. Ну и конечно же это ни к чему хорошему не приводит. Все попытки такого рода бессмысленны. Все такие определения не являются определениями как таковыми, поскольку они «определяют» одни понятия через другие, неопределенные. Например, во многих «определениях» языка в той или иной форме говорится о том, что язык – это знаковая система. Тогда возникает вопрос: что же такое знаковая система? При попытке определить понятие знаковой системы будут использоваться другие понятия, тоже неопределенные. Очевидно, этот процесс не имеет конечного разрешения.

Стоит ли пытаться давать неформальные определения? Есть ли вообще какая-то польза от них? Думаю, что есть. Но только если мы согласимся их считать частью нашего обычного языка. То есть согласимся считать их неформальными пояснениями к определяемым понятиям. При этом мы, конечно, никогда не будем уверены, что определение будет понято. Но во всяком случае мы будем оставаться на понятийном уровне, присущем нашему языку, и не будем вносить в него никакой дополнительной бессмыслицы.

Я не собираюсь здесь вмешиваться в спор лингвистов о понятии языка. Спорить по поводу определений (пусть даже неформальных) нет никакого резона. В том смысле, что нельзя сказать, какое определение (пояснение) является правильным, а какое – нет. Единственное разумное, на мой взгляд, требование к определениям состоит в том, что они должны позволять делать содержательные выводы.

А теперь о том, что же я собираюсь обсуждать в моих заметках. Будет ли в них идти речь только о языке человека?

Да, я буду высказывать свои суждения только о языке человека. В основном потому, что содержательные выводы из концепции релятивизма мне интересно делать именно для человеческого языка.

Буду ли я рассматривать индивидуальные языки конкретных людей или различные естественные языки, например, китайский, английский, русский, испанский (которые я буду условно называть национальными языками), как языки, принадлежащие большим или малым группам людей?

Я буду обсуждать и то и другое и уделю особое внимание различию между этими двумя аспектами языка.

Буду ли я как-то разделять устную и письменную формы языка?

Я буду рассматривать язык человека как совокупность устной и письменной форм. Более того, мои основные выводы будут относиться к совокупности всех форм языка как средства коммуникации.

Какие функции языка я буду затрагивать?

Думаю, что мое изложение будет покрывать все смысловые функции языка, которые так или иначе связаны с передачей информации. Этому будут посвящены все главы основной части моих заметок. Только в приложениях я рассмотрю эстетическую функцию (или компоненту) языка и связанные с этим литературные аспекты.

В целом, я буду высказывать свои суждения о языке в довольно широком значении этого слова и буду рассматривать самые общие его вопросы.

Раздел первый

Они играли в паре более тридцати лет по самой простой системе и все время путались в ней, но по какой-то непостижимой причине это часто оборачивалось катастрофой для их противников.

- У нас лучшая запись.
- Тебе сегодня везет.
- Нет, просто я знаю одно золотое правило: когда дама приглашает тебя, ты должен соглашаться не думая.
- Кто приглашал тебя?
- Ты сказала «три пики».
- Три пики? Но это слабость после контры.
- Кто знал, что ты это помнишь?

Язык индивидуума

Я буду рассматривать язык индивидуума как одну из составляющих его сознания, то есть как представление этого индивидуума о средствах, с помощью которых он общается с другими людьми. Не думаю, что тем самым я внесу какой-то особый новый смысл в понятие языка индивидуума. Действительно, в каком еще плане можно говорить об этом? Мы знаем, что описаний языков отдельных людей практически не существует. В исключительных случаях такие описания (например, языка Пушкина или языка Шекспира) явно неполны. Они неполны хотя бы потому, что создаются только на базе письменных образцов, которые, очевидно, составляют всего лишь небольшую часть языка. К тому же все это искажается представлениями и оценками других людей.

Поэтому я думаю, что каждый, кто обращается к вопросам языка и рассматривает язык конкретного человека, должен явно или неявно предполагать, что язык любого индивидуума – это во всяком случае внутренняя характеристика этого индивидуума. А то, что человек произносит, пишет, а также та информация, которую он передает каким-то иным образом, – все это является только проявлениями (или образцами) его языка.

После сделанного мною предварительного замечания я хочу задать вопрос: дается ли язык человеку от рождения или приобретается в течение его жизни? Я предполагаю, что ответ на этот вопрос поведет нас в полезном (для целей моих заметок) направлении.

Ответим сначала на первую половину вопроса. Можно ли сказать, что человек получает от рождения что-то, принадлежащее его языку?

Некоторые считают, что Бертран Рассел первым сообразил, что язык может включать не только приобретенные элементы. Кто-то даже восхищался его проницательностью по этому поводу. Но мне кажется, что, во-первых, Бертран Рассел говорил не о факте (который, как я верю, считал очевидным). Он говорил о том, что именно имеет смысл включать в определение языка. А во-вторых, не надо быть особенно проницательным, чтобы высказать такую простую мысль. Достаточно вспомнить, что новорожденный ребенок, плача, сообщает тем самым о своих нуждах, подает нам сигнал бедствия. Этому его никто не учил. Значит, какими-то элементами языка человек владеет уже от рождения.

Откуда ребенок знает, что надо плакать? Что еще в нас заложено от рождения? Во всей полноте это понять трудно или даже невозможно. Но если уж нечто заложено в человеке, то это никак не должно быть связано ни с каким национальным языком. Потому что до того, как человек родился, еще никто не знает, в среде какого национального языка этот человек будет говорить.

Я бы здесь уточнил, что имеется в виду под словосочетанием «человек говорит» применительно к его индивидуальному языку. В узком смысле это означает только то, что произносит человек. В широком смысле (который я и буду главным образом использовать в своих заметках) это включает все характеристики языковой части его сознания.

Пока мы ответили на первую половину моего вопроса: даются ли какие-то элементы языка человеку от рождения? Попробуем теперь ответить на вторую его половину: приобретаются ли какие-то новые элементы языка в течение жизни человека?

Мы знаем, что новорожденный младенец языком почти не владеет, маленький ребенок говорит плохо, в то время как взрослый человек говорит несравненно лучше. То есть мы видим, что индивидуум приобретает свой язык в течение всей своей жизни в результате некоторого процесса обучения в дополнение к общим элементам языка, полученным от рождения. Естественно, что окружающая среда играет решающую роль в процессе обучения. Различия в окружающей среде приводят к различиям в языке. Это происходит потому, что человек в своем сознании соотносит слова (совокупности слов) с их значениями в контексте реальной ситуации. А эти жизненные реалии различны у каждого индивидуума.

Далее, даже небольшое различие в его понимании значения одного только слова приводит к различию в понимании значений других слов, комбинаций слов. Так случается потому, что мы осознаём значения слов не только в контексте реальной ситуации, но и в контексте с другими словами и выражениями. Все это вместе является причиной различия в языках индивидуумов.

Эти различия часто становятся настолько большими, что могут быть легко обнаружены по внешним проявлениям (образцам) языка, например по письму или речи индивидуумов.

Но иногда различие в языках индивидуумов трудно распознать. Однако же оно всегда существует, потому что нельзя найти двух людей на Земле с абсолютно одинаковыми жизненными обстоятельствами. Даже два брата-близнеца, учившиеся когда-то в одном и том же классе десять лет, а потом – в одной и той же группе Первого медицинского института в Москве, могут говорить на совершенно непохожих языках, потому что один из них оперирует в московском госпитале, а другой пишет компьютерные программы в финансовой компании штата Нью-Джерси.

На этом этапе изложения концепции мне хотелось бы сделать такое замечание. Практически каждый человек в течение своей жизни осознает, что существует много различных естественных (национальных) языков и что его язык состоит как бы из компонентов, отвечающих каким-то из этих языков. Например, он знает (или думает), что вот такая-то его компонента связана с русским языком, а вот эта – отвечает французскому языку. Он может, скорее всего, не понимать (или не сможет отчетливо объяснить), что это значит, что он говорит на французском языке. Тем не менее он знает, на каком языке он говорит. Каждая из компонентов языка индивидуума может рассматриваться как отдельный язык. На нее распространяются все те выводы, которые мы сделали о языке индивидуума.

Таким образом, мы можем говорить о языке индивидуума в узком смысле и в широком смысле. В широком смысле язык индивидуума включает все его составляющие (все его национальные языки). В узком смысле язык индивидуума является одной из составляющих (одним из национальных языков этого индивидуума).

Различия между языками индивидуумов в широком смысле могут происходить, в частности, по причине различия их составляющих. Но даже если каждый из двух индивидуумов считает, что он говорит только, скажем, на французском языке, все равно оба они будут говорить на разных индивидуальных языках (в узком смысле) в силу выдвинутых мной доводов.

По той или иной причине любые два человека на Земле говорят на разных языках. Каждый из этих языков является единственным (уникальным) языком конкретного индивидуума. Более того, язык даже одного и того же человека меняется в течение всей его жизни. Таким образом, язык индивидуума зависит от времени.

Я бы еще раз уточнил, что я имею в виду под словосочетанием «человек говорит на своем языке». В широком смысле это включает не только то, что он произносит, но все характеристики языковой части его сознания: и его представления о собственных средствах общения, и то, что он произносит, и то, что он пишет, а также вообще всю языковую информацию, которая исходит от него; это также включает его понимание языка тех, с кем он говорит (или получает о них информацию каким-либо иным образом), а также – понимание представлений говорящих с ним о его языке. А если вы являетесь продвинутым индивидуумом, то для вас это включает еще ваше понимание представлений говорящих с вами о вашем понимании их языка. И в отдельных случаях – ваше понимание представлений говорящих с вами о вашем понимании их представления о вашем языке. Все это вместе в совокупности с временны́м фактором и составляет язык индивидуума.

Можно представлять себе язык конкретного индивидуума как точку в многомерном пространстве. Или проще – как вектор с координатами. Каждому индивидууму отвечает одна точка. При этом каждой координате этой точки будет соответствовать какая-то характеристика языка индивидуума. Такими характеристиками могут быть значения различных слов и частотность их употребления этим индивидуумом. К этому можно добавить характеристики его письма, произношения и характеристики других элементов его языка, а также его представлений о языках других людей. Здесь я предполагаю, что такое сопоставимое рассмотрение языков всех индивидуумов возможно, хотя я и не знаю, как и кем оно может быть осуществимо. Возможно также, что при таком рассмотрении характеристики, наиболее полно представляющие язык человека, отличаются от приведенных мною и таковы, что нам их даже трудно себе представить.

В трактовке языка индивидуума как языка уникального заключается одна из идей релятивистской концепции языка. Однако только этим релятивистская концепция не исчерпывается. В следующих разделах моих заметок я буду обсуждать также и другие стороны концепции.

Итак, основные выводы первого раздела таковы. Язык любого индивидуума, являющийся одной из составляющих его сознания, в любой момент времени уникален: любые два индивидуума говорят на разных языках; язык индивидуума меняется со временем, так что любой индивидуум в разное время говорит на разных языках.

Раздел второй

Когда она спасовала, его плечи упали, и все поняли, что случилось что-то ужасное, но он пытался держать себя в руках, до тех пор пока не была сыграна последняя карта.

– What are you doing?
– What?
– What the hell you are doing?!
– What am I doing?
– You passed my asking for the Queen of the agreed trump!
– Was it the Queen-ask?
– You know what?
– What?
– After this one, you go to a beginner's class.

Национальный язык

Рассмотрим сейчас индивидуумов, которые считают, что они говорят, скажем, на немецком языке. Что это значит, что они все говорят на немецком языке? Ясно, что при этом не имеется в виду, что каждый из них говорит на одном и том же (немецком) языке, понимаемом как язык индивидуума. Действительно, в соответствии с выводами первого раздела любые два индивидуума говорят на разных языках. То есть никакие два индивидуума не могут говорить на одном и том же реальном языке. Тем более, не могут все члены какой-то группы говорить на одном и том же реальном языке.

На самом деле никто и никогда не имеет в виду буквально, что все члены группы говорят на каком-то едином реальном (скажем, немецком) языке. Каждый из них говорит на своем немецком языке. Когда же мы ссылаемся на немецкий язык без указания его принадлежности к конкретному индивидууму, то мы имеем в виду что-то условное. Мы имеем в виду абстракцию, на которой не говорит никто. Эту абстракцию (пока не вполне определенного для нас вида) я буду называть национальным языком в широком смысле в отличие от национального языка в узком смысле – национального языка индивидуума.

Любой национальный язык в широком смысле – это абстракция, на которой не говорит никто. Это нечто, не существующее в реальной жизни как индивидуальный язык, на котором говорит хотя бы один человек. Более того, национальный язык – это такая абстракция, на которой не говорит ни один человек в мире.

Как же и кем создается эта абстракция?

Начну с того, как ее можно себе представить условно и упрощенно и как ее, возможно, кто-то еще (кроме меня) себе представляет.

Можно было бы поступить так же, как это делают при обработке больших статистических массивов с помощью процедуры, называемой кластер-анализом. Речь идет о группировке больших массивов данных в так называемые кластеры (или, по-простому, в группы). Процедура состоит из трех стадий. Применительно к языку эти стадии были бы следующими.

На первой стадии каждый национальный язык любого индивидуума заменяется математическим построением – точкой в многомерном пространстве (вектором с координатами), о чем шла речь в предыдущем разделе.

На втором этапе в рассматриваемом многомерном пространстве выбирается мера близости между любыми двумя точками.

На последнем, третьем, этапе индивидуальные языки объединяются в группы на основании выбранной меры близости. Если бы мы имели многомерное видение, то увидели бы эти группы (сгустки, скопления) точек в виде эллипсоидообразных или бананообразных областей. Эти скопления и называют кластерами. Внутри этих кластеров мы могли бы различить подобласти. В зависимости от того, на каком уровне мы хотели бы остановиться, мы могли бы рассматривать какой-то кластер как группу общих языков, либо другой кластер как один из национальных языков, либо третий кластер как диалект.

Например, мы могли бы сказать, что язык некоторого индивидуума принадлежит вот этому огромному кластеру под названием «немецкий язык». Именно в этом смысле мы бы считали, что наш индивидуум говорит на немецком языке (в широком смысле). Или (другой пример) могли бы сказать, что язык другого индивидуума принадлежит иному кластеру под названием «английский язык». Опять именно в этом смысле мы считали бы, что второй индивидуум говорит на английском языке (в широком смысле). Более того, мы могли бы сказать, например, что его язык принадлежит такой-то части (подобласти) кластера «английский язык», называемой «американский английский язык». Или (продолжая еще наш пример), что язык того же индивидуума принадлежит вот этому отростку, называемому «американский английский язык Бруклина». И так далее.

Мой очень хороший приятель, когда дочитал до этого места, сказал мне, что вовсе не обязательно рассматривать такую сложную процедуру, как кластер-анализ, от которой просто голова начинает кружиться. Он добавил, что достаточно в виде кластеров представлять себе людей, разбитых на географические группы в соответствии с тем, где эти люди проживают. И я сказал моему приятелю, что это очень хорошая идея. Конечно же он может представлять себе эти географические кластеры. По крайней мере – в качестве самого первого приближения или чисто условно, для простоты. Но, строго говоря, такое представление не будет правильным.

Во-первых, я не объединяю людей в группы, а пытаюсь сгруппировать их языки. А индивидуум может говорить на нескольких языках.

Во-вторых, не все языки людей, живущих в каком-то определенном географическом районе, войдут в один кластер (преобладающего национального языка). Такими «не вошедшими» могут оказаться языки вновь поселившихся в данной местности. И, наоборот, в этот кластер могут попасть языки людей, не живущих в данной местности (например, недавно покинувших этот географический район).

Замечу здесь, что, скажем, английские индивидуальные языки всех людей, считающих одним из своих языков английский, не обязательно попадут в один кластер. Чтобы понять – почему, вспомним анекдот о нелегальных азиатских иммигрантах, работниках небольшого ресторана в Бруклине, которые никогда не покидали подвал ресторана и все поголовно говорили на идише, думая, что это английский.

Многие имеют в виду (хотя часто и не вполне осознанно) именно совокупность близких языков, когда считают, что некоторая группа людей говорит на каком-то конкретном национальном языке.

Теперь о том, кто мог бы осуществить такую процедуру разделения на кластеры, или группы. Очевидно, что это мог бы сделать тот, кто обладает полной информацией о языках всех индивидуумов. Не знаю, как для вас, но для меня это звучит абстрактно.

Таким образом, национальный язык – это абстракция и по существу (как нереальный язык), и чисто с технических позиций (как абстрактная группа, которую практически невозможно точно определить).

Когда я недавно поведал одной своей знакомой о том, что понятие «русский язык» – это абстракция, она тут же на меня обиделась. «По-твоему, – сказала мне она, – Пушкин говорил на абстракции?» И тут же добавила, что Пушкин создал язык, на котором все мы, русские, говорим. Еще она сказала мне, что принимала меня за человека, понимающего, что такое язык Пушкина. И что от меня она такого никак не ожидала. И мне даже пришлось извиниться перед ней.

Хотя, конечно, я понимаю, что такое язык Пушкина. Это либо абстракция, понимаемая как некоторая совокупность близких языков индивидуумов, либо русский язык конкретного индивидуума – Александра Сергеевича Пушкина. Если моя знакомая отрицает существование языка Пушкина как абстракции, значит, она говорит о языке Пушкина как о языке индивидуума. Пушкин говорил на своем русском языке, который он сам и создал. Точно так же, как и каждый из нас говорит на своем собственном языке, который он сам создал. И моя знакомая тоже говорит на языке, который она сама создала. А если она думает, что она говорит на языке Пушкина, то у нее просто мания величия. Чего я, конечно, ей не сказал, потому что считаю себя человеком воспитанным. Никто на языке Пушкина (как языке индивидуума) не говорит. Может быть, кто-то старается говорить на языке Пушкина. Возможно, и моя знакомая старается говорить на языке Пушкина. Но говорит она все-таки на своем собственном языке.

В предыдущем разделе речь шла о концепции релятивизма применительно к языкам индивидуумов. Мы пришли к выводу, что все языки индивидуумов различны. Каждый из них говорит на своем языке. Более того, язык каждого индивидуума меняется со временем.

Что же можно сказать о свойствах национального языка (в широком смысле)? Как воспринимают его индивидуумы? Зависит ли он от времени?

Те индивидуумы, которые осознают национальный язык как совокупность близких языков, имеют различные представления о мерах близости языков. Все также имеют разные представления о составе группы – языках индивидуумов, образующих данную группу. Таким образом, национальный язык воспринимается различным образом различными индивидуумами. Ну а поскольку языки этих индивидуумов меняются со временем, то и национальный язык в широком смысле меняется в их представлении со временем.

Итак, основная мысль второго раздела заключается в том, что понятие национального языка, не привязанное ни к какому индивидууму, – это абстракция, понимаемая как совокупность всех близких языков индивидуумов. Национальный язык воспринимается различным образом различными индивидуумами и меняется в их представлении со временем.

Раздел третий

Они были славными ребятами: и тот, который был постарше, профессор, и совсем еще молодой его аспирант; они играли по сложной искусственной системе и переругивались всегда очень тихо, чтобы не беспокоить других.

– Почему ты не вышел бубной?
– Потому что вы просили пику.
– Я просил тебя выйти пикой?
– Да, вы просили пику.
– Ты знаешь, кто ты?
– Нет.
– Ты просто идиот.
– А вы кто такой?

Обучение языку

Как же мы понимаем друг друга, если каждый из нас говорит на своем собственном языке?

А кто сказал, что мы понимаем друг друга? Мы никогда не можем считать, что понимаем друг друга на все сто процентов. Два человека, говорящие на разных языках, никогда и ни при каких обстоятельствах не могут полностью понимать друг друга. Это следует из всего предыдущего в моих заметках.

Что это означает практически? Действительно ли мы видим в реальной жизни, что мы не понимаем друг друга? Если это так, то до какой степени мы не понимаем друг друга? Тут могут возникнуть разные варианты.

Вариант первый. Это взаимонепонимание реально существует в нашей жизни и очень существенно. И мы все время в этом убеждаемся.

Вариант второй. Мы понимаем друг друга не на сто процентов, а, скажем, на 99.99 процентов. Так что можно считать, что мы не понимаем друг друга только с чисто формальной точки зрения. А на самом деле практически понимаем друг друга хорошо. По этой причине почти никто и почти никогда и не замечает, что мы в чем-то когда-то можем не понять друг друга.

Могут быть и другие, промежуточные, варианты.

Конечно, различия между разными диалектами и, тем более, национальными языками создают очень серьезные проблемы понимания. Настолько серьезные, что два индивидуума, говорящие на разных национальных языках, могут совсем не понимать друг друга. В то время как языковые различия людей, говорящих на одном и том же национальном языке, чаще всего позволяют им в какой-то мере понимать друг друга. Но даже и здесь часто возникают серьезные проблемы.

Можно ли привести какие-то убедительные примеры, которые показали бы нам, насколько реально взаимонепонимание людей, говорящих на одном и том же национальном языке?

Конечно такие примеры привести можно. И я дам их в приложениях к моим заметкам. А сейчас я только скажу, что взаимонепонимание может быть разным. Оно может быть незначительным. Но оно может быть и очень существенным. Однако же, если сам факт взаимонепонимания осознается, индивидуумы могут уменьшать степень этого взаимонепонимания в процессе дальнейшего общения.

Казалось ли вам когда-нибудь удивительным, что люди разговаривают друг с другом на языках, состоящих из такого небольшого набора различных по написанию слов? В русской части словаря Microsoft Proofing Tools, например, немногим более полумиллиона слов (по крайней мере, так было несколько лет тому назад, когда я делал эти подсчеты). Хотя мы, конечно же, должны догадываться, что количество значений этих слов гораздо больше. Это, по всей видимости, дает нам ключ или, лучше сказать, маленький ключик к пониманию того, как люди общаются.

Подсчет различных значений слов – не такая уж легкая процедура. (На самом деле вместо слов в языках могут выступать и другие образования, например комбинации слов. Но я буду продолжать вести речь о словах исключительно с целью упрощения изложения.) Можно ли подсчитать количество различных значений слов, скажем, немецкого языка?

Сначала надо понять, что означает вопрос о различных значениях слов немецкого языка. Немецкий язык в широком смысле представляется совокупностью всех близких немецких языков индивидуумов. Поэтому сначала надо разобраться с языком любого конкретного индивидуума. Лучше даже начать с какого-нибудь одного слова немецкого языка. Если мы сможем справиться с задачей подсчета количества различных значений этого слова для выбранного нами индивидуума, то мы сможем просуммировать все эти значения. Потому что суммировать надо будет по конечному набору различных по написанию слов и по конечному набору всех индивидуумов, говорящих на немецком языке. Если же мы не справимся с подсчетом различных значений одного только слова единственного индивидуума, то на этом месте можно будет и остановиться.

Итак, начнем с ответа на вопрос: можно ли подсчитать количество различных значений одного слова какого-то одного индивидуума, говорящего, скажем, на немецком языке?

Отрицательный ответ довольно очевиден. Для того чтобы в этом убедиться, будем использовать тот же подход, что и в первом разделе. Сравним, как себе представляет значение этого слова ребенок и он же – через, скажем, пятьдесят лет. Очевидно, что представления ребенка и взрослого человека будут сильно отличаться друг от друга. Представление ребенка перерастает в представление взрослого человека непрерывно на протяжении всей его жизни. Все понятия, очевидно, связаны между собой либо непосредственно, либо посредством какой-то цепочки связей. Поэтому наблюдаемое нами изменение будет происходить каждый раз, когда человек получает новую информацию о чем угодно. То есть, условно говоря, каждую долю секунды. Ну и, по крайней мере, практически перечислить или пересчитать все значения будет невозможно.

Более того, в каждый момент времени человек оперирует всем накопленным за его жизнь множеством значений любого слова и в зависимости от конкретной ситуации вкладывает в слова тот или иной смысл. Многозначность слов позволяет человеку выражать себя более полно при помощи небольшого количества слов, но вызывает большие проблемы взаимопонимания.

Здесь мне хотелось бы вспомнить о вероятностной модели языка, предложенной Василием Васильевичем Налимовым, математиком, статистиком, лингвистом и философом, который многими признается одним из выдающихся мыслителей России двадцатого века.

По Налимову, множество значений слова языка континуально. Частоты использования тех или иных значений слова задаются некоторой вероятностной функцией распределения (или плотностью распределения).

Многие, когда речь заходит о вероятностях, наверное, представляют себе плотность распределения Гаусса, или Гауссиану – элегантную кривую, которая изображается на немецких денежных знаках. Гауссиана имеет один горб. Она, как говорят математики, унимодальна.

Налимовская плотность распределения, надо думать, имеет, вообще говоря, несколько горбов. Эти горбы соответствуют наиболее популярным значениям слова.

Почему я сделал эту оговорку: «надо думать»? Потому что я всегда воспринимал вероятностные представления Налимова о языке как удобный пояснительный механизм и не воспринимал их буквально. Например, существенно ли рассуждение Налимова о том, что плотность распределения задана на континууме (то есть на множестве всех действительных чисел, или десятичных дробей)? Математики могут нам объяснить, почему множество десятичных дробей больше (или, как они говорят, имеет бо́льшую мощность), чем множество рациональных дробей (представляемых в виде отношений целого числителя к целому знаменателю). Хотел ли Налимов подчеркнуть, что множество значений слова, скажем, мощнее множества рациональных чисел? Трудно сказать. По крайней мере, я не нашел в его текстах прямых тому подтверждений. Одна из возможных причин, почему Налимов считал множество значений континуальным, состоит в том, что он мог также связывать все со временем.

Кстати, здесь уместно было бы напомнить о взаимоотношении жестов, мимики и интонации со значениями сказанных слов. В одном из эпизодов Сайнфелда говорится о том, как распознать правдивость ответа, когда вы интересуетесь чьими-то взаимоотношениями. Если отвечающий дотрагивается до лица рукой, то независимо от того, что он говорит, вы можете заключить, что взаимоотношения плохие. Чем выше он дотронулся, тем хуже взаимоотношения. Конечно это шутка. Но она заставляет нас еще раз вспомнить о связи значений слов с тем, как эти слова произносятся.

Во время одного из моих выступлений в этом самом месте один из слушателей, который воспринимал все довольно придирчиво, заметил, что я стал говорить о вещах тривиальных. Все, мол, знают, что жесты, мимика и интонация могут изменить значение сказанного кардинальным образом. Я не стал возражать моему оппоненту. Потому что, в сущности, он был, конечно, прав. Я только заметил, что в рамках концепции релятивизма я бы сформулировал то, что он сказал, несколько иным образом. С помощью мимики, жестов и интонации человек пытается передать другим (скорее всего, неосознанно) свою трактовку (применительно к данному случаю) сказанных им слов. Это – первое, что я хотел бы заметить по данному поводу. Во-вторых, мимика, жесты и интонация – составляющие языка. И, следовательно, к ним относится все, что мы говорили о языке вообще. В частности, мимика, жесты и интонация не однозначны. Например, похожие жесты по-разному трактуются разными индивидуумами. А в-третьих, я, на самом-то деле, хотел только подчеркнуть, что когда мы говорим о жестах, мимике и интонации, то опять может возникнуть мысль о континууме.

Но это все – с одной стороны. С другой стороны, множество значений слов генерируется в нашем мозгу. Может ли мозг генерировать бесконечное число – это еще вопрос. То есть он (мозг) может пытаться отобразить на себя бесконечное и даже континуальное или еще более мощное множество. Однако он должен все эти отображения сохранить внутри себя. А вот тут-то и мне уже начинает казаться, что такая, с виду конечная, штука, как мозг, может сохранить только конечное множество. Поэтому, когда меня спрашивают о множестве значений слов индивидуума, я говорю, что это множество необозримо. Понимая при этом вот что. Конечно ли оно или бесконечно – это не особенно важно. Важно то, что значений слов так много, что они не поддаются простому анализу.

Может возникнуть вопрос: а толковый словарь разве не включает в себя все значения всех существующих слов? Ответ очень прост. Толковый словарь содержит обозримое число слов. Значит, он все значения не включает.

Теперь я опять хочу вернуться к налимовской модели языка. Процесс обучения Налимов видел в байесовском механизме формулы условной вероятности. Он считал ее как бы фильтром, пропускающим только те значения, которые укладываются в рамки заданного условия. Эти налимовские положения о байесовском механизме, как я их понимаю, тоже не надо было бы принимать буквально. Поэтому поначалу доклады Налимова вызвали противодействие математиков, любящих точность в высказываниях. Им не понравилось, например, что вероятностный интеграл у Василия Васильевича не был равен единице. Упрек был не по существу, и Налимов легко доказал это. К мультипликативной составляющей он добавил нормирующий множитель. Интеграл стал равен единице.

Вероятностная модель Налимова с точки зрения релятивистской концепции языка не вызывает принципиальных возражений. Хотя должен заметить, что на все налимовские высказывания я смотрю сквозь призму релятивистской концепции.

Возможно, я приписываю положениям вероятностной модели языка не совсем тот смысл, который имел в виду ее автор.

Как человек учится говорить и понимать других в ситуации, когда, вообще говоря, любое слово воспринимается различно разными индивидуумами? Каков механизм этого обучения? Многие не видят всех аспектов различия между тем, как ребенок осваивает родной язык, и тем, как изучает иностранный язык студент. А на самом деле любой здравомыслящий человек может объяснить, каким образом идет процесс обучения иностранному языку в школе, но никто не может внятно ответить на вопрос, как учится говорить на родном языке ребенок.

Я хочу привести здесь один пример.

Игра. В кучке 20 спичек. Играют двое. Разрешается брать из кучки по очереди одну или две спички. Тот, кто взял последнюю спичку, выиграл.

Игра довольно простая. Но тому, кто слышит о ней первый раз, надо хотя бы немного подумать, прежде чем он поймет, как в нее играть. Тем не менее можно придумать механизм, который будет успешно учить играть в эту игру спичечные коробки.

Давайте положим на стол 20 спичечных коробков. (Надеюсь, что вы еще не забыли, что это такое.) Мы с вами будем играть против коробков. Поставим на них номера от одного до двадцати. Затем положим в каждый из коробков по две конфетке: одноцветную и двуцветную. Разрешим коробкам начинать первыми. Каждый раз коробки делают ход следующим образом. Если на столе лежит, скажем, 12 спичек, то надо наугад вынуть конфету из коробка #12 и положить ее рядом с коробком. Двуцветная конфета будет означать, что нужно взять со стола две спички, а одноцветная – только одну.

А теперь о том, каков будет механизм обучения коробков этой игре. Если коробки проиграли, то надо съесть последнюю из тех конфет, которые были вынуты из коробков с двумя конфетами. А остальные надо положить обратно. А если коробки выиграли, то надо все конфеты положить обратно в коробки и ничего не съедать. Вот и все.

После достаточно большого числа тренировочных игр коробки будут всегда выигрывать, даже если они будут играть против сильного игрока.

Я привожу этот пример для тех читателей, которые не очень четко себе представляют, что такое самообучение и адаптация.

Что же можно заметить на основании приведенного примера? Можно заметить, что получается так (по крайней мере, на первый взгляд), что коробки обладают определенным интеллектом. Они могут успешно сражаться против сильного игрока.

Кто-то может мне возразить, что играют-то, в сущности, не коробки, а заложенная в коробки их создателем программа действий. И я бы частично согласился с таким возражением.

Почему только частично? А потому, что коробки могут превзойти своего создателя в силе игры. Создатель, кстати, может не иметь никакого понятия, как в эту игру надо играть.

Мне кажется, что после того, как мы поразмышляем немного по поводу приведенного примера, мы не будем так уж сильно удивляться, каким образом человек может обучаться языку. Хотя, как я уже это отмечал, никто не может точно ответить на вопрос, как человек это делает, каков механизм этого явления. Иногда мы можем сказать какие-то частности о механизме обучения. И думая, что что-то поняли, начинаем создавать процедуры или системы (что-то вроде спичечных коробков из примера, который я приводил), решающие сложные технические проблемы. Так, наверное, возникли кибернетические идеи Норберта Винера. (Кластер-анализ, который мы рассматривали в предыдущем разделе, тоже относится к подобным процедурам.)

На самом деле обучение индивидуума языку не идет само по себе. Вместе с этим идет процесс адаптации национального языка. Этот процесс идет в различных направлениях. Приведу здесь один пример. Вы задумывались когда-нибудь над тем, почему слова такие длинные? В русском языке, например, среднее по длине слово состоит из десяти букв. А такая длина слов вовсе не обязательна. Действительно, если бы мы ограничились длиной слова в пять букв с чередованием согласных и гласных звуков, то получили бы число сочетаний, большее, чем число различных по написанию русских слов.

Трудно, конечно, перечислить все возможные причины того, что слова – длинные. Но одна из них вполне могла бы состоять в том, что слова постепенно изменялись или заменялись другими, чтобы уменьшить число возможных ошибок при передаче речевой информации. А для этого надо исключить, по возможности, слова, близкие по произношению или по написанию.

Наблюдения над этой особенностью языков (и, может быть, над другими подобными проявлениями в поведении живых существ) привели, надо думать, к развитию кибернетической области теории кодирования, получившей название «коды, исправляющие ошибки».

Что следует из всего того, что я пока изложил в этом разделе? Можно ли считать, что мы обладаем интеллектом для того, чтобы обучаться понимать друг друга?

Ну, если уж мы вроде бы согласились приписывать какой-то интеллект спичечным коробкам, то надо, конечно, ответить на последний вопрос положительно. Но лучше все-таки сказать, что кто-то, неизвестный нам, обладающий интеллектом, значительно превосходящим наш, заложил в нас способность обучаться (неведомым для нас способом). Мы можем называть этого неизвестного как угодно, в том числе матерьюприродой. Но постигнуть своего создателя пока не удавалось никому.

Могут спичечные коробки понять, кто и что заложил в них, для того чтобы они научились играть в такую сложную игру? Нет, конечно. Они не только не могут этого понять, они даже не знают, что означает слово «понять» на языке их создателя.

Итак, основная мысль третьего раздела заключается в том, что, несмотря на то что индивидуумы говорят на разных языках, используя слова с необозримым множеством значений, они обучаются понимать друг друга с помощью процесса, ими не осознаваемого. Однако они никогда не могут достигнуть полного взаимопонимания.

Раздел четвертый

У него было много учеников – так много, что он не помнил, кого и чему он учил. Но все они были горды, играя с ним, потому что он был Чемпионом.

– *That was a good one when you gave me a ruff in spades.*
– *Yes, it was.*
– *Nice play.*
– *Thank you.*
– *Really nice.*
– *Well, because you started an echo.*
– *Are we playing echo?*

Нормативный язык

Конечно, многим представляется очевидным, что надо по возможности улучшать взаимопонимание людей, говорящих на одном и том же национальном языке. Мысль об этом, по всей видимости, является основным движителем для тех, кто занимается созданием или усовершенствованием правил, или норм, конкретного национального языка. Было бы замечательно, если бы эти правила языка могли быть выбраны по возможности объективно. Например, было бы хорошо, если они не представляли бы никаких группировок внутри кластера, соответствующего национальному языку. Хотелось бы также, чтобы они соответствовали как бы центру кластера или включали в себя совокупную информацию о кластере. К сожалению, этого не происходит в реальной жизни. Для языковой информации как-то не очень ясно, что такое центр. А совокупную информацию трудно получить, поскольку ее составляющие могут содержать взаимоисключающие моменты.

В реальной жизни происходит нечто сугубо субъективное. Узкая группа людей (не обязательно осознающая себя как единая группа) работает над многосторонним описанием и обобщением языков всех говорящих на некотором национальном языке.

Члены этой группы (будем чисто условно называть их академиками) создают орфографические, толковые и другие языковые словари, а также различные правила, или нормы. Система этих правил (норм) включает, например, такие аспекты языка, как словообразование, произношение, постановка ударений, употребление слов, объединение слов в словосочетания и предложения, употребление устойчивых словосочетаний, написание слов, постановка знаков препинания. Все это в совокупности своей и составляет нормативный национальный язык. Другое название, которое часто используется для нормативного языка, – это литературный язык.

Как я уже отмечал в предыдущих разделах, реальным является только тот язык, на котором говорит хотя бы один конкретный индивидуум. Все остальное является абстракцией. Национальный язык, понимаемый как совокупность всех близких языков индивидуумов, составляет первую ступень абстракции. А нормативный (литературный) язык, который является в некотором смысле подмножеством национального языка, представляется, таким образом, как вторая ступень абстракции.

Однако на пути создания нормативного языка возникает одна проблема. Она заключается в том, что это так только предполагается, что наши академики работают над описанием и обобщением языков всех индивидуумов кластера. На самом деле, как легко понять, каждый из академиков принимает во внимание только свой собственный индивидуальный язык.

По этому поводу один читатель моих заметок позвонил мне и сказал, что я не совсем прав. Потому что, мол, академики перед тем, как что-то такое придумать, полжизни потратили на то, чтобы изучить кучу всяких особенностей языков индивидуумов, относящихся ко всем возможным группам. Не может, мол, академик делать выводы только на основании своего собственного языка. На то, мол, он и академик.

Конечно же этот читатель был тысячу раз прав. И я с ним абсолютно и полностью согласен. Я имею в виду, что согласен с этим читателем в том, что академики изучают много всякого, прежде чем делают какие-то выводы. Но в то же время этот читатель был в чем-то и неправ. И я отсылаю его в конец первого раздела, где я пояснял, что язык индивидуума включает также понимание языка других индивидуумов и много другого прочего. Конечно, академики отличаются от простых смертных тем, что языком других людей интересуются не по воле жизненных обстоятельств, а по долгу службы. Они приобретают сведения о языке других людей примерно таким же образом, как многие учат иностранные языки. Об обширных познаниях академика в области изучения языков каких-то групп людей можно говорить на том же основании, на котором мы говорим о знаниях какого-нибудь способного молодого человека, изучившего в колледже шесть иностранных языков. А ведь даже для того, чтобы знать хотя бы только один немецкий язык примерно так же, как знает его какой-нибудь винодел в маленьком городке на Рейне, нашему студенту нужно было бы прожить свою жизнь жизнью этого винодела. И нашему академику, чтобы знать русский язык примерно так же, как его знает, скажем, человек, только что вышедший из заключения, где он провел пятнадцать лет, нужно было бы провести те же пятнадцать лет в заключении. Боюсь только, что тогда наш академик, наверное, уже не был бы академиком.

Однажды мне возразили, сказав, что, мол, не такая уж это большая беда, если академики не очень-то в курсе всякого там блатного, тюремного или лагерного жаргона. И я немедленно согласился с этим. Потому что я всегда соглашаюсь, когда мне возражают корректно. Действительно, это не только не беда, но это большое счастье, что какой-то академик не в курсе лагерного жаргона. Я бы даже согласился, что, возможно, пример мой не очень удачен. И был бы готов этот пример заменить каким-то другим. Но это только в том случае, если бы я не писал эти мои заметки на русском языке в самом начале 21 века и если бы я не приводил так много примеров, относящихся к русскому языку. А для русского языка лагерный пример – это для нынешнего момента самый удачный пример. Потому что за последние сто лет лагерная группа среди всех русскоговорящих была одной из самых многочисленных.

А теперь рассмотрим нормативный, или литературный, язык – эту вторую степень абстракции – подробнее. Что мы можем сказать о свойствах нормативного, или литературного, языка? Зависит ли он от времени? Как воспринимают его индивидуумы?

Литературный язык естественным образом зависит от его создателей. А язык создателей меняется со временем. Поэтому очень трудно поверить в то, что ни один из создателей литературного языка никогда не захочет сделать никаких изменений в нем, несмотря на то что каждый из них, по всей видимости, замечает изменения своего языка. Эти изменения, кстати, создатели литературного языка не обязательно считают (как считаю, например, я) изменениями своего языка. Они могут считать их изменениями языка окружающих их людей или изменениями языка вообще, не вполне понимая, что они под этим имеют в виду.

Далее, литературный язык по-разному понимается различными индивидуумами по разным причинам. Во-первых, каждый индивидуум знакомится со своим набором элементов литературного языка. Я имею в виду под этим различные источники информации (в том числе различные учебные пособия), различные способности, желания и возможности людей при изучении этих источников, трактовку нормативов разными людьми (в том числе учителями) и прочее. При этом, по моим прикидкам, число возможных комбинаций таких наборов намного превышает число людей, говорящих на данном языке. Даже с учетом того, что некоторые комбинации более вероятны, чем другие, все равно, как я думаю, трудно найти двух индивидуумов, знакомых с одинаковым набором элементов литературного языка.

Второй причиной, по которой литературный язык по-разному понимается различными индивидуумами, является то, что он описан и воспринимается на языках индивидуумов.

Третья причина состоит в том, что нормативы литературного языка, в свою очередь, могут быть написаны на других национальных языках. Так, кто-то может изучать русский литературный язык по французским пособиям.

Четвертая причина состоит в противоречивости норм литературного языка. Если правила состоят из одного утверждения, то его, наверное, легко можно сделать непротиворечивым образом. По мере усложнения правил становится все менее и менее вероятным, что противоречий удалось избежать.

Итак, основная мысль четвертого раздела заключается в том, что искусственно создаваемый нормативный (литературный) язык составляет вторую ступень языковой абстракции; он меняется со временем и воспринимается различным образом различными индивидуумами.

Выводы

Основные положения релятивистской концепции языка таковы.

Язык любого индивидуума, являющийся одной из составляющих его сознания, в любой момент времени уникален: любые два индивидуума говорят на разных языках; язык индивидуума меняется со временем, так что любой индивидуум в разное время говорит на разных языках.

Понятие национального языка, не привязанное ни к какому индивидууму, – это абстракция, понимаемая как совокупность всех близких языков индивидуумов. Национальный язык воспринимается различным образом различными индивидуумами и меняется в их представлении со временем.

Несмотря на то что индивидуумы говорят на разных языках, используя слова с необозримым множеством значений, они обучаются понимать друг друга с помощью процесса, ими не осознаваемого. Однако они никогда не могут достигнуть полного взаимопонимания.

Искусственно создаваемый нормативный (литературный) язык составляет вторую ступень языковой абстракции. Нормативный язык меняется со временем и воспринимается различным образом различными индивидуумами.

Приложения

Полезна ли релятивистская концепция языка в каком-либо смысле? Приводит ли она к каким-то интересным выводам?

Ответ на первый вопрос зависит от того, что вам нравится. Мне многие стали говорить, что после знакомства с моей концепцией они стали проявлять больше недоверия к словам других людей. Ну, и тут уже трудно сказать, хорошо ли это или плохо. Одним это пойдет на пользу, а другим – во вред. Я лично считаю, что на свете жить проще, если ты разобрался в чем-то. Так что мне эта концепция кажется полезной.

Что касается второго вопроса, то я тоже дал бы на него положительный ответ. В приложениях я затрону несколько тем, которые если и не связаны впрямую с релятивистской концепцией, то, во всяком случае, содержат такие моменты, что знакомство с этой концепцией становится очень полезным.

Одно предварительное замечание. В предыдущих разделах я старался подыскать убедительные доводы для всех своих утверждений.

Поэтому, как я надеюсь, они не должны были вызвать серьезных возражений. В противоположность этому, в приложениях я буду часто обсуждать такие аспекты, для которых логические доводы найти трудно или даже невозможно. В этих случаях я буду лишь выражать свое мнение о тех или иных гранях окружающей нас действительности.

О литературной функции языка

– How's the water? Is it warm?
– It's windy, sweetheart.

Из разговора на пляже

Я думаю, можно сказать, что литературой мы называем то, что связано не столько с идейным или описательным содержанием, но больше с содержанием эстетическим. Хотя, конечно, не все меня поддержат в этом. Литературные произведения принимаются по-разному различными людьми. Есть немало людей, которые ожидают найти там описания познавательных историй. Другие – то, что поразило бы их воображение. Третьи – что-то совсем другое. И все-таки многие считают эстетическое воздействие литературы самым главным. Что такое эстетическое литературное воздействие?

Прежде всего, – это воздействие, которое оказывает на человека литература. Это – несомненно. А вот дальше объяснение буксует. По крайней мере, у меня. Хотя я не сомневаюсь, что можно найти великое множество людей, которые вам расскажут о чувственном восприятии и дадут все необходимые пояснения, практически не задумываясь. А я могу только привести здесь аналогии, которые должны помочь понять, что я имею в виду под эстетическим воздействием литературы.

Аналогами эстетического воздействия литературы для меня являются эстетические воздействия живописи и музыки. Однако же я мало что могу сказать о том, каким образом эти воздействия оказываются на человека. Вот одна моя знакомая, делясь недавно со мной своими впечатлениями о симфоническом концерте, сказала, что оркестранты играли с максимальной самоотдачей, но без излишней суеты и продемонстрировали самоотверженную открытость залу. И добавила, что дирижер управлял оркестром с вниманием к деталям и авторскому замыслу и с постоянным и настойчивым поиском красок. И что ему удалось в полной мере охватить контуры всего произведения. Еще она сказала, что у нее все время было твердое ощущение соучастия и сопричастности происходящему и она покидала зал с переполняющим ее чувством радости общения. Вот эта моя знакомая смогла бы, я думаю, вам подобающее объяснение дать очень легко.

Литературные произведения создаются на языке (чаще всего – на литературном). Поэтому литературная, или эстетическая, функция языка является как бы его надстройкой. И поэтому вроде бы можно было ожидать, что мы сможем без особого труда получить выводы об уникальности эстетических литературных представлений любого индивидуума как следствие выводов предыдущих разделов. Однако же я предвижу возражения дотошных читателей. Они могут сказать, что эстетическое восприятие имеет настолько общий характер, что не будет зависеть от языка, на котором литературное произведение написано. И чтобы мне не спорить с такими читателями, я попробую найти прямые доводы для своих выводов. Заодно, надеюсь, на этом пути я смогу получить для них бо́льшую общность.

Попробуем еще раз идти тем же путем, которым мы шли в первом разделе. Ответим сначала на вопрос, приобретаются ли индивидуумом какие-то эстетические понятия в течение его жизни. Так же, как и в первом разделе, заметим, что у новорожденного младенца эстетических понятий мы не обнаруживаем. Маленький ребенок может их проявить в определенной ситуации. Взрослый человек проявляет их уже довольно часто. То есть индивидуум формирует свои эстетические представления в течение всей жизни. Действительно, сначала родители дают своему ребенку различного рода наставления. Потом его сверстники и школа подхватывают эстафетную палочку. И так в течение всей жизни человек подвергается влиянию окружающей среды на формирование своего эстетического кредо. Различия в окружающей среде приводят к различиям в эстетических представлениях у разных индивидуумов.

Все, о чем шла речь в предыдущем абзаце, относится, конечно, к эстетике вообще, а не только к литературной эстетике. Несколько упрощенно можно утверждать следующее. Если вам с детства показывают какую-нибудь скульптуру и говорят, что это образец человеческой красоты, то вы постепенно в это поверите. Если вокруг вас все говорят, что стихи лесенкой – это вершина стихосложения, вы в конце концов станете думать, что так оно и есть на самом деле, и, чего доброго, сами начнете писать лесенкой. Поэтому-то в начале 30-х годов прошлого столетия более девяноста процентов всех поэтов России писали стихи лесенкой.

Получает ли индивидуум от рождения какие-то представления о литературной эстетике? Я этого не знаю. И я не знаю никого, кто бы сказал что-то убедительное по этому поводу. Тем не менее мы должны допускать такую возможность. Но в любом случае тезис о различиях эстетических представлений у разных индивидуумов остается в силе.

Я знаю, что существует немало людей, которые считают, что эстетические понятия абсолютны. То есть они думают, что эстетическое совершенство любого вида создано кем-то раз и навсегда. И для каждого индивидуума вопрос состоит теперь только в том, чтобы приблизиться к этому совершенству (или, по крайней мере, приблизиться к пониманию этого совершенства).

Сторонники относительности в эстетике думают, что эстетические понятия – это не что иное, как мода. Нечто вроде моды на одежду, которая вчера диктовала нам одни представления об элегантном, или эстетичном, виде, а сегодня – совершенно другие. Они считают, что мода не только как бы сама собой пассивно приспосабливается к окружающей действительности. Они указывают нам на группы людей, которые искусственно подправляют естественные течения в моде и в своих творческих мастерских разрабатывают модели на следующий год.

А на следующий год и сторонники абсолютного в эстетике, и приверженцы релятивизма будут искренне считать новые модели эстетически совершенными. Но только сторонники релятивизма будут при этом осознавать, что именно изменения (в том числе и искусственные) в моде оказали на них такое влияние. Таким образом, различие между этими двумя группами людей заключается лишь в том, как они относятся к эстетическим представлениям других людей и своим собственным.

Сторонников абсолютного в эстетике можно легко определить по их замечаниям о плохом вкусе или неправильной эстетической позиции других людей. А поскольку так говорят почти все, то вроде бы получается, что сторонников абсолютного – подавляющее большинство.

И вот теперь возникает вопрос: кто же прав – сторонники абсолютного или относительного в эстетике? Ну, утверждать что-либо уверенно в нашем непостижимом мире нельзя. Но мне показалось бы все-таки странным, если вдруг в вопросах одежды мы были бы так подвержены влияниям моды, а в других – хранили приверженность каким-то неизвестным идеалам. Таким образом, первый довод в пользу моды и, следовательно, относительности эстетических представлений приходит к нам из общих соображений.

Второй довод в пользу релятивизма связан с рассмотрением того, насколько человеческое общество в целом подвержено изменениям в эстетических оценках. Не так уж давно о написании стихов без рифм и размера, сочинении музыки без мелодии или создании картин без сюжета никто даже и не помышлял. Сейчас это дело уже вполне освоено. И никто уже не удивляется самому факту существования подобных областей. (К делу не относится, но хочется вот что заметить. Многие сейчас думают, что для новаторства больше не осталось никакого простора. Для таких людей я предложил бы попробовать писать музыку без звука, а литературные произведения – без слов.)

Когда я рассказывал о релятивистской концепции языка в одной не очень знакомой мне компании, в этом месте один представительный мужчина заметил, что я так говорю потому, что, как видно, мне не нравятся абстрактные картины, современная поэзия и современная музыка. Но это еще не значит (я продолжаю цитировать представительного мужчину), что они не нравятся никому. Вкусы, мол, бывают разные. Одни любят одно, другие – другое.

И я немедленно с ним согласился. И мне даже захотелось его обнять по-дружески, потому что я тоже считаю, что вкусы бывают разные. Единственное, что удержало меня от этого дружеского жеста, так это то, что мне было непонятно, почему мой оппонент решил, что мне не нравятся абстрактные картины и все такое прочее. И я сказал ему тогда, что получил достаточно хорошее образование. Ну, в том смысле, что мне с самого раннего детства внушали и вколачивали любовь ко всем этим невозможно прекрасным вещам. И я уже давно без ума от всего их немыслимого совершенства. И дело не в том, люблю я что-то или не люблю. Моя мысль заключается в том, что человеческое общество в целом подвержено изменениям в эстетических оценках. И это, безусловно, говорит в пользу релятивизма.

Наблюдения за реальной действительностью могли бы дать нам еще больше подтверждений в пользу релятивизма в эстетике. Различия во вкусах, например, были бы хорошим дополнительным доводом. Примеры относительности эстетических литературных суждений еще будут даны мной в одном из следующих разделов приложения. Здесь я только подчеркну, что в действительности различия во вкусах гораздо более глубокие, чем это кажется поверхностно. И объяснение этому – довольно простое. Когда вас спрашивают, любите ли вы Мону Лизу, у вас нет никаких других вариантов, кроме положительного ответа. Правда, в последнее время народ стал немного хитрить. Наум Коржавин обратил внимание на то, что можно слышать от людей высказывания такого типа: «Мне такой-то поэт не близок, но я понимаю, что он гениален». Коржавин определил такой ответ как ответ от лукавого. Он также добавил, что если поэт тебе не близок, то ты не можешь знать, гениален он или нет. С этим я, кстати, не очень согласен. Хотя, как это часто бывает и как это следует из духа моих заметок, это несогласие, возможно, связано с неоднозначным толкованием слова «знать». Если оно в этом контексте близко к слову «понимать», тогда я с этим утверждением соглашусь. Потому что, если поэт не близок тебе, ты не можешь добавить свою лепту к суждению о его гениальности. А если слово «знать» в рассматриваемом контексте означает обладание определенной информацией, то в этом смысле ты вполне можешь знать, что поэт признается многими как гениальный, даже если он тебе не близок.

Но это не очень существенная деталь. Я просто хотел подчеркнуть здесь, что естественная человеческая робость часто маскирует значительные различия во вкусах.

Таким образом, мы пришли здесь к тому, что вполне согласуется с выводами релятивистской концепции. А именно: любые два человека имеют различные эстетические литературные представления. Эти представления у каждого человека меняются со временем и всецело зависят от временно́го периода, в котором он живет, и от окружающей его обстановки.

Можно ли распространить выводы об относительности литературно-эстетических суждений людей на относительность религиозных и моральных убеждений? Должен признаться, что мне пришлось сделать над собой некоторое усилие, чтобы задать этот вопрос в моих заметках, поскольку он уводит меня еще дальше (чем литература) от языковой тематики. Однако все рассуждения этого раздела практически не привязаны к литературе или литературной эстетике. Поэтому я все-таки задал этот вопрос.

Отвечаю я на свой вопрос положительно. И думается, что мой положительный ответ не вызовет ни у кого никаких возражений. Не ожидаю я даже возражений по поводу религии. Я думаю, что любой человек, независимо от своих религиозных убеждений, должен найти здесь подтверждение своей точки зрения.

Религиозные люди принимают свою религию в результате акта веры, а не на основании каких-то научно-исторических изысканий или логических умозаключений. Поэтому мои выводы не должны иметь никакого отношения к их религиозным убеждениям. В то же время идеи релятивизма помогают им понять, как и почему сторонники других религий, или нерелигиозные люди, или даже атеисты выбрали свой путь.

Что касается противников любых религий, то они, я думаю, найдут в моих заметках еще одно подтверждение своей точки зрения на сугубо земное происхождение убеждений религиозных людей.

О взаимопонимании

– Do you have more quarters?
– I'm hungry, my dear.

Из разговора на пляже

Здесь я хочу выполнить, обещание, данное мною в одном из предыдущих разделов. Я хочу привести несколько ярких примеров отсутствия взаимопонимания между людьми, говорящими на одном и том же национальном языке.

Первый пример связан с юриспруденцией. Почему мы сталкиваемся в суде с такими сложностями? Почему, даже когда сняты все проблемы по фактам, то и в этом случае все вопросы оказываются очень спорными? Мне могут сказать, что в этом случае мы сталкиваемся либо с проблемой неполноты законов, либо с их противоречивостью. Тем более что из какой-то умной математической теоремы (здесь я прошу прощения у математиков и их обожателей за тавтологию) следует, что такая система, как свод судебных законов, может быть либо неполной, либо противоречивой. Мне также могут сказать, что часто споры возникают по причинам логического характера. Да, это все так. Однако на простом языке можно сказать, что огромное число споров происходит из-за различного толкования понятий.

Один из примеров – это ставшее широко известным судебное разбирательство о выплате страховой суммы после террористического нападения на Мировой торговый центр (World Trade Center) 11 сентября 2001 года.

По условиям страхования эта сумма была ограничена некоторой величиной, относящейся к одному инциденту (occurrence). Вопрос заключался в том, сколько было инцидентов. Если был только один инцидент, то это была бы одна сумма. Если инцидентов было два – сумма удваивалась. Владелец зданий утверждал, что было два инцидента. Первый был в 9:46 утра, когда первый самолет врезался в Южную башню. А второй – через 16 минут, когда второй самолет врезался в Северную башню. Страховые компании утверждали, что оба самолета были частями одного и того же инцидента. Разница в трактовке одного слова приводила к разнице в выплате страховой суммы в несколько миллиардов долларов.

Я, конечно, привожу здесь это судебное разбирательство в сильно упрощенном варианте. На самом деле было много других обстоятельств, которые усложняли дело и имели только косвенное отношение к трактовке слова «инцидент».

В какой-то момент определение, данное в страховой форме WilProp, было признано основополагающим для этого дела. В этом определении говорилось о том, что инцидентом (occurrence) признается серия похожих случаев, независимо от времени и места происшествия. И тут позиция владельца зданий была очень сильно подорвана.

Однако нельзя сказать, что это дело вселяет в нас оптимизм относительно разрешения похожих дел в будущем. Можно легко представить себе, что суд должен будет решать, какие случаи можно считать «похожими». И, наверное, кто-то захочет внести бо́льшую ясность относительно понятия «похожие», определив его. А затем внести ясность в использующиеся при этом определении слова. И идти по этой дорожке вперед к созданию противоречивой системы.

Первый мой пример имел отношение к разбирательству споров в суде. Можно ли сказать, что похожее происходит также и в бытовых спорах? Мне кажется, что можно. Я думаю, что терминологические расхождения наряду с ошибками по фактам и логической путаницей составляют основу всех споров. Проверка этого моего утверждения дается читателю в качестве его единственного домашнего задания к моим заметкам.

Можно ли подтвердить практикой, что эстетическое содержание одного и того же литературного произведения воспринимается по-разному различными людьми и что каждый индивидуум по-разному воспринимает одно и то же литературное произведение в разное время? Наблюдаем ли мы это в реальной жизни?

Конечно наблюдаем. Мы видим на каждом нашем шагу, что одни и те же литературные произведения вызывают разные отклики разных людей. Можно даже привести много примеров, когда признанным мэтрам литературы не нравились произведения других больших мастеров. Первый напрашивающийся пример: Льву Николаевичу Толстому активно не нравился Шекспир. Лев Николаевич в различные периоды своей жизни по-разному относился к Пушкину. Пастернак не любил Хлебникова, Багрицкого, Мандельштама и Гумилева. Гумилева не любили еще Брюсов и Вячеслав Иванов. Пастернака не любили Набоков и Волошин. А Набоков, кроме Пастернака, не любил еще Достоевского и Бунина. Бунин не любил Достоевского, Блока и Андрея Белого. Цветаева и Ахматова не любили Чехова. Мандельштам не любил Цветаеву. Андрей Белый не любил Мандельштама. Мандельштам не любил Андрея Белого.

А как насчет естественных наук? Может быть, там дела обстоят лучше?

Мой третий пример относится к биологии. Это касается начавшейся в конце 30-х годов в большевицкой России дискуссии по вопросам генетики. В основном дискуссия велась по поводу справедливости законов Менделя.

Я представлю здесь этот пример несколько подробнее предыдущих двух, потому что он был долгое время на острие общественного внимания.

В спор вступили два академика, чьи имена были известны чуть ли не всей стране (возможно, по разным причинам).

Академик Колмогоров обратил свое внимание на проведенные аспиранткой академика Лысенко опыты. По мнению этой аспирантки, ее опыты опровергали теорию Менделя о расщеплении в отношении трех к одному. К этому выводу она пришла, проведя некоторые простые вычисления по результатам этих опытов.

Академик Колмогоров произвел свои математико-статистические вычисления на основании тех же самых опытов и пришел к выводу, что никакого противоречия с теорией Менделя нет. Эти свои результаты он в 1940 году опубликовал в Докладах Академии Наук СССР под названием «Об одном новом подтверждении законов Менделя». В своих выводах он написал, что опыты аспирантки академика Лысенко, вопреки ее собственному мнению, блестяще подтверждают теорию Менделя.

Многие дальше заголовка и выводов статьи не идут. Поэтому они и не обратили внимания на то, что это не совсем одно и то же – сказать, что опыты не противоречат теории или что они блестяще ее подтверждают. У простого народа уважение к математике – большое. А в советской России оно было просто огромным. Колмогоров сейчас признается многими математиком номер один двадцатого столетия. В 1940 году, может быть, до такого признания дело еще не дошло. Но все равно – если Колмогоров сказал, что он математически доказал справедливость законов Менделя (а как еще можно понять слова о блестящем подтверждении законов Менделя?), то, значит, он действительно это доказал.

Сторонники академика Лысенко, правда, заподозрили что-то неладное. И они в один голос стали говорить, что, мол, никакая математика не может доказать или опровергнуть биологические законы.

Ну, я должен здесь заметить, что опровергнуть законы математика может очень просто. А вот с подтверждением законов дела в математике обстоят гораздо хуже. И сторонники Лысенко, наверное, печенками своими это почувствовали. И тут бы им прочитать не только заголовок и выводы, а всю статью Андрея Николаевича (академика Колмогорова, то есть). И сказать, что, мол, Андрей Николаевич, у нас с вами терминологическое взаимонепонимание произошло. Вы-то вовсе не показали, что опыты подтверждают теорию Менделя. Вы просто не нашли противоречий между опытами и теорией. И говоря, что опыты подтверждают теорию, вы просто имели в виду, что они не противоречат ей. А это могло случиться, например, по той причине, что опытов было мало. Если бы опытов было намного больше, то вы, может быть, с помощью своих же методов смогли бы и опровергнуть теорию Менделя.

Сторонники академика Лысенко могли бы еще и такое сказать. Представим себе на одну минуту (могли бы они сказать), что по теории Менделя расщепление должно было бы происходить в отношении не 3 к 1, а, скажем, 100 к 33. В этом случае на основании тех же самых опытов с помощью практически тех же самых вычислений академик Колмогоров пришел бы к аналогичному выводу. А именно, что проведенные опыты не противоречат теории расщепления 100 к 33. И, по всей видимости, он должен был бы продолжить, что они блестяще подтверждают эту теорию. И тогда получалось бы, что Андрей Николаевич одновременно доказал, что расщепление происходит и в отношении 3 к 1, и в отношении 100 к 33. Что на самом деле противоречит одно другому.

Но сторонники академика Лысенко не смогли продраться сквозь формулы Андрея Николаевича. Поэтому они ничего такого не сказали. А вместо этого стали бить Колмогорова цитатами классиков большевизма. И по этой причине (или по какой-то другой) победили. Теория Менделя и (заодно) математическая статистика были поруганы. Оправданы в России они были только много лет спустя.

Но когда они были оправданы, никто почему-то не вспомнил, что и Андрей Николаевич тоже был виновен в возникшем взаимонепонимании, утверждая, что опыты блестяще подтверждают теорию Менделя. И до сих пор по поводу этой оплошности никто не решился еще сделать никаких критических замечаний. Более того, сторонники математико-статистических методов настолько осмелели, что стали просто-напросто допускать презрительные высказывания о людях, которые выражали свои сомнения в том, что математико-статистические методы способны доказывать законы биологии и других естественных наук. Однако этот момент уже не относится к теме моих заметок. Поэтому на этом месте я закончу описание всей этой истории, которая представляется мне поразительным примером того, как люди науки могут говорить на разных языках.

О нормах языка

– Где ты купила эти очки?
– Они для чтения.

Из разговора на пляже

В этом разделе я хочу подробнее обсудить процесс создания норм национального языка. И первый вопрос здесь таков: для чего создается нормативный язык?

Теоретически, было бы хорошо договориться об определенных правилах национального языка. Действительно, при этом возникает надежда, что нормативный язык мог бы позволить уменьшить взаимонепонимание индивидуумов. И это вроде бы не идет вразрез с тем, что обсуждалось в предыдущих разделах.

И в реальности вы видим, как параллельно с академиками, многосторонне изучающими национальный язык, обычно работает другая группа, которая делает одно, на первый взгляд, очень полезное дело: регламентирует употребление языка индивидуумами. В том, что дело это полезное, никто не сомневается. То есть предполагается, что никто не сомневается в полезности этого дела. На самом деле кто-то, безусловно, в этом сомневается. Я, например, долго сомневался, полезное ли это дело или бесполезное. А сейчас я думаю, что регламентировать национальный язык до малейших тонкостей – дело бессмысленное. С другой стороны, не регламентировать абсолютно ничего – тоже не очень-то хорошо. Вот договорились ставить точку в конце предложения. Разве это плохо? Это, я считаю, здорово. Еще какие-то там несколько правил или несколько страниц правил – может быть, на этом можно было бы и остановиться?

На самом деле академики и их помощники останавливаются не в зависимости от логики, а от того, сколько у них находится средств на их полезное дело.

В этом месте я хотел бы сосредоточиться на обсуждении примера российского подхода (отрицательного, как мне кажется) к процессу выработки норм национального языка.

В России в последние сто лет академикам русского языка всегда выделяли много денег (сравнительно с другими областями). Деньги эти шли из кармана налогоплательщиков (если так можно сказать в ситуации полной финансовой неразберихи). Специально для академиков русского языка был создан Институт русского языка. Дело было поставлено с большим размахом по одной простой причине. Необходимые средства выделялись по решению небольшой группы правителей. А российским правителям эта деятельность казалась полезной, поэтому денег на нее не жалели.

Как же в России академики объясняли (и объясняют сейчас) людям цель своей работы над нормами языка? Да никак они этого не объясняют. Просто предполагается (этими академиками), что любые аспекты их деятельности необходимы всем, а тот, кто этого не понимает, – невежда.

Если вы, скажем, написали книгу, то ее язык должен соответствовать тем нормативам, которые они выработали. И с этой целью книга ваша будет пропущена через редакторское и корректорское сито.

Предположим теперь, что вы помните школьные правила русского языка, но никогда не выходили за рамки школьной программы. Это, кстати, не так уж и плохо. Потому что школьные правила достаточно хорошо покрывают правила русского языка, которые (напоминаю на случай, если вы об этом забыли) были изданы советскими академиками в 1956 году. Правила эти долгие годы (и до сих пор) считаются единственными официальными правилами русского языка. Хотя, что это значит, что правила были официальными, не очень-то ясно. Но русский народ привык, что если какая-то бумажка напечатана и на ней написано «Правила», то лучше понимающе обратить свой взгляд к небу и стараться не нарушать эти правила умышленно или (по крайней мере) каким-либо вызывающим образом.

Правда, «Правила» эти были долгое время засекречены. Не знаю, входили ли они в печально известный «Перечень» запрещенных сведений, но, так или иначе, из продажи «Правила» в какой-то момент исчезли. Были они, выражаясь современным языком, политически некорректны. Например, словосочетание «вторая мировая война» писалось в «Правилах» именно так, с маленькой буквы. А это противоречило орфографии главной большевицкой газеты «Правда».

Теперь я возвращаюсь к истории с вашей книгой. Допустим, что вы перед сдачей книги в издательство выверили ее с помощью Microsoft Proofing Tools, использовав при этом весь свой багаж школьных знаний. Можно представить себе, как будет выглядеть корректорская правка? Думаю, что правки будет много. В частности, корректор найдет у вас много ошибок с запятыми. И, что самое удивительное, запятые эти будут корректором поставлены в основном без вашего участия. А задумывались ли вы над следующим: что, в сущности, означает тот факт, что корректор может расставить запятые без вашего участия? Я помогу вам с ответом. Это значит, что эти запятые функционально не нужны. Хотя все они будут поставлены (если, конечно, вам попался хороший корректор) в соответствии… Вы думаете, что я скажу «в соответствии с правилами русского языка»? Нет, я так не скажу. С правилами русского языка уже справились вы сами вместе с Proofing Tools. Запятые будут поставлены в соответствии с различными грамматическими пособиями, среди которых заслуживающими наибольшего доверия считаются в России справочники Розенталя.

Я понятия не имею, как удалось Розенталю убедить советских аппаратчиков в необходимости добавлений к правилам русского языка. Но как-то, видно, удалось. Во всяком случае, «Вторая мировая война» Розенталь писал с большой буквы. И, следовательно, правила Розенталя противоречат правилам русского языка.

В течение десятилетий правила русского языка уточнялись и дополнялись. Знали эти дополнения в полном объеме, пожалуй, только некоторые работники печати. Авторы книг правил этих не знали. Если корректор говорил, что надо было поставить какую-то запятую, которая из школьных правил явно не следовала, то авторы обычно соглашались. Как правило потому, что просто доверяли корректору. Рядовой читатель тоже никаких правил сверх школьной программы не знал. Да не только рядовой. Читатель, о котором можно было бы сказать, что он – грамотный читатель, тоже этих правил не знал.

По поводу этой моей точки зрения я услышал возражение одной знакомой, которая гостила у меня как раз тогда, когда я заканчивал работать над своими заметками. Она сказала мне, что я незаслуженно обижаю всех русскоговорящих. И что, мол, это уж всем известно, что русский читатель в массе своей грамотнее любого другого читателя в мире. А происходит это потому, что никто не читал так много, как читали в советской России. И что, мол, всем известно, что в этом смысле такой страны, как советская Россия, никогда не было и, скорее всего, больше и не будет.

Ну, я вообще люблю критические замечания в мой адрес, и когда я с ними соглашаюсь, испытываю даже чувство удовлетворения. А в этот раз я очень даже был согласен с моей знакомой. Действительно, в России в прошлом веке читали всё подряд и все свободное время. А свободного времени было много. Читали и дома, и на работе. И по дороге с работы домой, и из дома на работу (благо руки рулем заняты не были). У многих были большие личные библиотеки. Но их хватало только на несколько лет. А потом приходилось читать все по второму разу. А потом – еще и еще. Так что я действительно согласен с моей знакомой, что русский народ читал много. Хотя знакомая моя, так же как и я, имела в виду, наверное, только жителей больших городов. В основном – жителей двух российских столиц. Все остальное российское население книгу редко видело. Но я на самом-то деле имел в виду совсем другое. Я хотел только подчеркнуть, что многочисленные дополнения к правилам русского языка, на мой взгляд, избыточны. И тот факт, что их никто не знает (даже не полностью, а хотя бы в значительной мере), просто подтверждает мою точку зрения. И я вовсе не считаю, что русский читатель их не знает, потому что он глуп, или ленив, или необразован. Он их не знает потому, что дополнения очень уж обширны и, хотя бы только поэтому, сложны.

Другими словами, получается так, что соблюдение правил Розенталя нужно только для работников печати, стоящих на страже этих правил.

Зачем вообще нужна сверхдетальная регламентация в русском языке? Зачем нужно соблюдать правила Розенталя, если их практически никто не знает? Вряд ли кто-то сможет ответить на эти вопросы.

Кстати, я уже упоминал, что при детализации правил увеличиваются шансы внутренних противоречий. Интересно было бы понять вот что. Являются ли правила русского языка со всеми действующими уточнениями и дополнениями непротиворечивыми?

Я могу ответить на свой вопрос отрицательно не в каком-то теоретическом смысле, а имея в виду практику использования правил. Вы можете убедиться в справедливости моего вывода самостоятельно. Только для этого вы должны не пожалеть своих денег и отдать уже откорректированную рукопись на вторичное корректирование. Даже в том случае, когда оба корректора будут квалифицированными мастерами своего дела, вы все равно получите довольно много исправлений в первоначально откорректированном варианте. Я имел возможность убеждаться в этом много раз. А это и означает, что практически внутренней непротиворечивости в правилах русского языка нет.

Часто можно слышать (особенно из недр Института русского языка), что, мол, назрела необходимость пересмотра правил русского языка. Однако доводы в пользу пересмотра не выглядят (скажем, для меня) убедительными. Хотя по-человечески я могу понять людей из института Академии наук. Конечно они хотят, чтобы их деятельность имела какое-то практическое применение. Конечно они хотят, чтобы на реформу правил русского языка были выделены большие средства, потому что это даст им новую работу.

У меня, кстати, есть хорошее предложение для сторонников реформы правил русского языка. Я предлагаю ставить запятые после каждого слова, за исключением тех случаев, когда возникает языковая пауза, и тех случаев, где должен стоять другой знак препинания. Если бы реформаторы правил русского языка со мной согласились, то тогда были бы сразу убиты четыре зайца.

Во-первых, запятая ставилась бы в пику американцам и вообще всем говорящим на английском языке. (А в английском языке, напоминаю, основное правило постановки запятых – обратное: запятая ставится там, где возникает языковая пауза.)

Во-вторых, запятая в русском языке стала бы работать таким же образом, как и в английском. Потому что и в том, и в другом случае мы точно знали бы, где есть языковая пауза. И, таким образом, функциональное значение запятой было бы очень приличным.

В-третьих, количество пунктуационных правил уменьшилось бы примерно в сто раз.

И, в-четвертых, была бы удовлетворена любовь всех последователей русского языковеда Розенталя к запятой.

После всех моих высказываний я, конечно, вполне мог бы ожидать вопрос: работал ли я с корректором в процессе публикации этих своих заметок? Вместо ответа разрешите мне привести такой пример. Предположим, я считаю, что ходить по улицам голым очень полезно для здоровья. Представляется ли вам логичным ожидать от меня, что я с сегодняшнего дня буду ходить только голым? Мне кажется, что никакой логики тут нет. Точно так же и с моими заметками. Моя цель – изложить свою точку зрения. Никакой другой цели я не преследую.

О языке как элементе
общественной структуры

– *What time is it?*
– *Darling, you've had a good breakfast of
   granola, oatmeal, fruit, yogurt, and a
   double espresso!*

Из разговора на пляже

В предыдущих разделах шла речь о том, каким образом генерируется нормативный, или литературный, язык. Основной вопрос, на который я попытаюсь ответить в настоящем разделе: каково отношение общества к литературному языку?

Я не могу высказывать свои суждения обо всех обществах на Земле. Мне трудно даже делать выводы в целом об обществе, говорящем на русском языке. Гораздо более уверенно я могу рассуждать о тех, кто говорит на том же подмножестве русского национального языка, что и я сам – на нормативном, или литературном, русском языке.

Так вот в этой довольно узкой среде я слышал примерно такие высказывания: «Язык является как бы лакмусовой бумажкой, определяющей, к какой категории общества относится конкретный человек. Если кто-то говорит на литературном языке, то это значит, что этот человек из моего круга. Он образован. С ним не зазорно общаться». А те, языковый снобизм которых был еще выше, добавляли: «А если кто-то говорит на языке, сильно отличающемся от моего, то он не из моего круга. Я не хочу с ним общаться. И не хочу, чтобы мои дети дружили с его детьми. И постараюсь, чтобы они ходили в разные школы».

Такой подход по существу очень близок к обыкновенному расизму, поскольку он дискриминирует людей по их происхождению. Подход этот культивируется, конечно, значительнее в закрытых, тоталитарных режимах, чем в открытых, демократических. В наиболее передовых (разумеется, с моей точки зрения) демократических странах он считается неэтичным общественным поведением и нелегален во многих сферах деятельности.

В большевицкой России носители литературного языка называли себя интеллигентными людьми. Принадлежность к интеллигенции являлась привилегией в основном жителей двух российских столиц, где русский литературный язык практически только и поддерживался. Эта привилегия была частью пакета привилегий столичных жителей, самой главной из которых было наличие вареных и копченых колбас в магазинах. Однако же именно нормы русского языка стали лакмусовой бумажкой российской интеллигенции. Наверное, так случилось потому, что изобразить колбасу на своем флаге российская интеллигенция не решилась. А с языком она неожиданно получила сильную поддержку печатным словом и вообще всеми большевицкими органами информации. И замелькали все эти «источник знания», «великий могучий», «лучший подарок».

Печатное слово всегда и везде пользовалось авторитетом. Конечно, его воздействие различно в различных обстоятельствах. Но думаю, что не ошибусь, если скажу, что в основном это воздействие на индивидуума определяется структурой общества, в котором он живет. В открытых, свободных структурах это воздействие слабо. В закрытых, тоталитарных режимах оно гораздо сильнее. Поэтому и грамматические правила воспринимаются по-разному. В демократическом обществе они рассматриваются каждым индивидуумом скорее как средство для достижения каких-то целей. В тоталитарном – как безоговорочное предписание.

Что лучше? Каждому – свое. Мне нравится демократическое общество, и я не люблю безоговорочные предписания. Вполне допускаю, что многим нравятся тоталитарные режимы и не нравятся возможности выбора. И я допускаю, хотя мне и трудно себе это представить, что существуют и смешанные варианты.

Однако с упомянутым выбором дело обстоит гораздо сложнее, чем может показаться на первый взгляд. В одном из предыдущих разделов я уже отмечал, что академик, работающий над нормами, скажем, русского языка, под видом нормативного (литературного) русского языка предлагает нам язык, на котором он говорит. Поэтому те люди, которые живут в одном доме с академиками и говорят на близком языке, имеют возможность выбирать. И каждый из них в действительности делает такой выбор относительно принятия или непринятия (частичного или полного) официальной языковой доктрины. Такой выбор индивидуумы делают, возможно, не осознавая того, что они его делают.

Для тех, кто живет вдали от академиков, принятие официальной языковой доктрины связано со значительными усилиями. Осмелюсь утверждать следующее: в глухой сибирской или саратовской деревне этот процесс будет напоминать изучение иностранного языка.

Насколько же сильно был развит языковый снобизм русской интеллигенции в большевицкой России? За одно только «неправильное» ударение в одном слове «начать» человеку ставили клеймо неинтеллигентного человека и относили его к разряду некультурных людей. Склонение числительных всегда считалось хорошим тестом на интеллигентность.

Как-то я звонил в Москву и разговаривал после очень длительного перерыва с одной своей старой знакомой. На мой первый вопрос «Как дела?» – она ответила: «У нас потрясающая новость. Законопроект принят двумястами шестьюдесятью девятью голосами против ста пятидесяти четырех». Этот ее ответ сказал мне о многом. Во-первых, я понял, что в Москве еще существуют люди, которые склоняют числительные. Во-вторых, он напомнил мне о том, что моя знакомая – интеллигентный человек. В-третьих, я осознал, что интересы российской интеллигенции несколько сместились.

Справедливо ли дискриминировать человека только за «неправильное» ударение в слове «начать»? Вряд ли. Ведь такое «неправильное» ударение было распространено в среде многих русскоговорящих, живших на территории Украины.

Конечно, мы живем в мире, где вместо слов «правильно» или «не правильно» практичнее говорить «принято» или «не принято». Так вот, если в определенных кругах общества принято говорить так и не принято говорить этак, с этим ничего не поделаешь.

Но если в одних определенных кругах общества сильны расистские настроения, то в других определенных кругах общества может быть принято это дело осуждать. И с этим тоже ничего не поделаешь.

А вот что странно: заимствование слов из иностранных языков никогда не осуждалось интеллигентными людьми России. И как ни травили людей, и голодом морили, и спать не давали, пытали, расстреливали, а все равно живет в русском народе это чувство – преклонение перед иностранным словом.

Как попадают иностранные (теперь уже читай – американские) слова в русский язык? Когда нет похожего слова – тут все понятно. А когда есть похожее слово? Возможных вариантов много. Например, когда кто-то не знаком с русским эквивалентом. Или знаком, но он не пришел ему в голову. Или делает вид, что он не пришел ему в голову. Или когда кто-то вернулся в Россию из дальних странствий и никак не может переключиться на русский язык. Или делает вид, что не может переключиться. А также когда кто-то хочет прояснить изложение. Или хочет его запутать. Или хочет придать научность изложению. А также когда кто-то владеет иностранным языком не хуже русского. Или делает вид, что владеет иностранным языком не хуже русского. А также во многих других случаях.

Без всякого сомнения, такие слова, когда они впервые встречаются в текстах, мешают пониманию. И, значит, вредны. Но потом, когда (и если) они приживаются, то они уже, можно сказать, обогащают язык.

Недавно читал книгу одного автора из города на Неве. В книге попадались такие слова: споксмен, ньюсмейкер, лейбл, вуайер, конфидант, маргинализация, детериорация, визионерский, оксюморонный, палинодичный, эвфемистический, парадигмический, сервильный, нарративный, брутальный, сикофантский, жовиальный, энигматический. Я не являюсь противником использования иностранных слов в русском тексте. Даже слова «лейбл». Но когда я читал эту книгу, мне было смешно (вопреки, как я думаю, замыслу автора).

Посмотрим на все это с другой стороны. Нормативный национальный язык зависит от времени. А это означает, что то, что считалось неправильным вчера и за что в школе ставили низкие оценки, сегодня считается правильным.

Что же делать в такой ситуации? Мне кажется, что главное – это не нервничать. Делайте то, что вам больше всего по душе. Если вы хотите говорить на литературном языке, сверяйте свою грамотность с трудами академиков. Только учтите, что с окончанием монополии тоталитарных государств на средства информации язык может быстро меняться.

Если я вижу несколько альтернативных вариантов, чтобы выразить какую-то мысль, я использую один из поисковых механизмов Интернета, чтобы проверить, что именно предпочитает народ. И я знаю, что так начинает поступать все большее количество людей в последнее время. Я считаю, что это довольно плодотворная идея. Правда, здесь есть несколько подводных камней.

Первый из них – это знаки препинания. Современные поисковые механизмы их опускают. Но я думаю, что, как только создатели поисковых систем осознают грамматическую функцию

Интернета, они будут допускать и другую возможность поиска.

Второй подводный камень – это география. Для тех, кто говорит на нью-йоркском русском языке, не является нормой то, что принято в России. Для тех, кто говорит на американском английском, не является нормой то, что принято в Англии. Тут надо уже учитывать географическое положение источника информации. Думаю, что и такая возможность когда-нибудь появится.

О литературе и переводах

> – Ты не хочешь еще помазать себе
> плечи?
> – Сейчас половина четвертого.

> *Из разговора на пляже*

Что получается, когда люди переводят с одного языка на другой? Предполагается при этом, что слова или группы слов заменяются одинаковыми по смыслу словами или группами слов в другом языке. А если переводится литературное произведение, то предполагается, что и эстетическое содержание оригинала каким-то образом в этот перевод переносится.

Когда перевод является эквивалентным оригиналу? Ответ очень прост – никогда. Многие, наверное, могут привести примеры того, что мешает точному переводу. Самыми известными примерами являются непереводимая игра слов и звуков, а также привязанные к национальным языкам рифмы. Эти примеры, правда, говорят только о том, что эквивалентный перевод не всегда возможен. Однако из релятивистской концепции следует, что такой перевод невозможен никогда и смысловое и эстетическое наполнение текста при переводах искажается всегда.

Когда кто-то читает оригинал, то существует проблема различий между автором и читателем (поскольку они говорят на разных языках). При чтении перевода можно насчитать три источника искажения первоначального смысла. Первый из них возникает при прочтении переводчиком произведения автора. Второй связан с внутренними особенностями переводчика (с его трактовкой разных национальных языков и его навыками перевода). Третий источник возникает при прочтении читателем перевода. Какова же степень этих искажений и разумно ли тогда вообще переводить что-либо?

Мне представляется очевидным, что искажения проявляют себя в большей степени в текстах, наполненных эстетическим содержанием. Мне также кажется очевидным, что для технических и научных текстов возможность хорошего перевода более реальна. И самые благоприятные обстоятельства сопровождают переводы математических (или математизированных) текстов.

Я бы следующим образом ранжировал информационно-языковые потоки в различных сферах человеческой деятельности по степени трудности перевода. Ранжирую их в порядке уменьшения трудностей: хорошая поэзия, хорошая литература, прочая поэзия, прочая литература, гуманитарные науки, техника и бизнес разных сортов, естественные науки, точные науки, теоретическая физика, математика.

Иногда можно услышать о ком-то: это национальный поэт. Очевидно, здесь имеется в виду, что в переводах этого поэта на другой язык все теряется. Это как раз то, о чем я здесь пишу. Я, правда, считаю, что все поэты – национальны. Естественно, я имею в виду хороших поэтов, которым есть что терять в переводе.

Я не знаю, как вы поняли мое последнее предложение. К сожалению, в русском языке запятая перед словом «которым» не несет смысловой нагрузки. Поэтому-то я и не знаю, как вы меня поняли. То ли вы подумали, что я имею в виду только тех хороших поэтов, которым есть что терять. То ли – что я считаю, что всем хорошим поэтам есть что терять. Если бы я писал свои заметки на английском языке, то все было бы очень просто. Я бы поставил запятую во втором случае, который соответствует nonrestricted (nonessential) clause в английском языке. И я опустил бы запятую в первом случае, который соответствует restricted (essential) clause. Мне могут возразить здесь, что, мол, после запятой в английском языке полагается использование слова «which», а без запятой обычно используют слово «that». И получается, мол, что и без запятой все становится ясным. Однако же часто англоговорящий народ употребляет слово «which» в любом случае. Так что получается все-таки, что запятая в этом случае в английском языке работает.

В русском языке запятая перед словом «который» ставится автором (или корректором) автоматически и, следовательно, как я уже отмечал это в предыдущих разделах, не нужна (по крайней мере, функционально).

Чтобы исключить двусмысленность, я повторю свое утверждение в следующей редакции. Я считаю, что все хорошие поэты – национальны.

И конечно же, я сторонник такого утверждения: хороший поэтический перевод – это уже не перевод как таковой. В этом случае можно только говорить, что кто-то написал свои стихи по мотивам произведения другого человека. Причем перевод всегда, очевидно, делается в силу переводящего. Если посредственный поэт переводит Пушкина, то его стихотворный перевод будет посредственным. А большой поэт может создать шедевр независимо от того, кого он переводит.

Однако же многочисленные переводы всех сортов находят своего читателя. Следовательно, они пользуются спросом. И, следовательно, в них есть свой смысл.

Считается, что для того, чтобы сделать хороший перевод литературного произведения, надо, чтобы для переводчика и тот язык, с которого он переводит, и тот язык, на который он переводит, были бы родными. Кроме того, литературное дарование переводчика должно быть не хуже, чем литературный талант того, кого он переводит. Как много примеров, отвечающих таким критериям, вы можете привести? Проще всего, конечно, такой пример может возникнуть, если кто-то переводит сам себя и оба языка для него являются родными. И в этом смысле Набоков дает нам очень редкий пример. Хотя из релятивистской концепции языка следует, что Лолита на русском и Lolita на английском языке – это разные произведения. Как вы думаете, был бы согласен сам Набоков с таким утверждением?

После всего того, что я уже высказал в этом разделе, я хотел бы спросить, как же следует относиться к переводам стихов по подстрочнику? Конечно, в этом случае перевод находится, вообще говоря, еще дальше от оригинала по очевидным причинам. И если этот перевод объявляется как поэтическое творение по мотивам «переводимого» произведения, то тогда автор волен делать, что ему хочется. Но если предполагается, что перевод должен отражать смысл, стиль, дух, ритм, пластику, запах и цвет оригинала, то ситуация меняется. В этом случае мне кажется очевидным, что такой перевод по подстрочнику невозможен. В русской литературе, правда, имеется одно исключение – это когда переводят по подстрочнику с сербского на русский. В этом случае считается, что только невежественные люди могут сомневаться в правомочности такого перевода. (Боюсь теперь, что после моего последнего замечания меня, наверное, уже не пустят на второй этаж ресторана «Русский самовар», который расположен у нас тут в Нью-

Йорке на 52-ой улице между Бродвеем и Восьмой авеню.)

Я знаю, что многие придерживаются примерно таких же взглядов на поэтические переводы, как и я. Гораздо меньше людей, которые думают таким же образом о прозе. И если вы спросите кого-то, читал ли он Пушкина или Гоголя, то можете получить быстрый ответ «да, читал» даже в том случае, если ваш собеседник читал только перевод.

Чтобы мои рассуждения не выглядели абстрактно, я готов рассмотреть один пример. Вот вам отрывок на английском языке.

Fine snow began to fall, and then suddenly came down in big flakes. The wind howled, the snowstorm burst upon us. In a single moment the dark sky melted into the sea of snow. Everything was lost to sight.
'It's a bad look out, sir,' the driver shouted. 'Snowstorm!'

Давайте переведем этот отрывок на русской язык. У меня перевод получается таким.

Начал падать мелкий снег, а затем вдруг пошел большими хлопьями. Ветер завыл, буран начался внезапно. В один момент темное небо слилось с морем снега. Ничего не стало видно.
«Плохо дело, сэр, – закричал кучер, – буран!»

Вот в таком примерно виде весь нерусский мир читает Пушкина. И если вы думаете, что все дело в том, что я плохо этот отрывок перевел, то попробуйте перевести сами. Или попросите это сделать кого-нибудь, чьему литературному вкусу вы доверяете. Мне только интересно, получится ли у вас так же, как у Александра Сергеевича:

Пошел мелкий снег — и вдруг повалил хлопьями. Ветер завыл; сделалась метель. В одно мгновение темное небо смешалось со снежным морем. Все исчезло. «Ну, барин, — закричал ямщик, — беда: буран!»...

Так же, как у Александра Сергеевича, у вас, наверное, все-таки не получится. Если, конечно, вы переводить будете честно. А не получится у вас так потому, что дело совсем не в том, что пошел снег, и не в том, какими хлопьями он потом повалил, и даже не в том, что по этому поводу кто-то сказал или закричал. Дело в том, как именно об этом написано на национальном языке.

Так что вы как хотите, а я здесь пойду за Набоковым, который сказал, что большая литература — это всегда феномен языка, а не идей.

О международных премиях по литературе

  - *Daddy, do you like the colors of my umbrella?*
  - *It's all different colors, son.*

  Из разговора на пляже

В этом разделе я буду обсуждать вопрос о присуждении международных премий по литературе. И буду делать это на примере самой, пожалуй, престижной (то бишь с самым большим денежным призом) литературной премии – Нобелевской премии по литературе.

Не связано с темой моих заметок, но все-таки хочу заметить вот что. Странно, что даже те, у кого к деньгам отношение пренебрежительное (вся российская интеллигенция, разумеется, в их числе), безоговорочно относятся к Нобелевской премии с громадным почтением. Почему-то те, кто всю жизнь повторяли слова «не в деньгах счастье», вдруг склонили головы (да еще в вопросах литературы!)

перед денежными купюрами. Разгадка этого странного явления относится к области психологии. И потому я возвращаюсь здесь к теме своего раздела.

С Нобелевской премией по литературе связано много спорных моментов. Говорят, что члены Нобелевского комитета иногда забывают, какую премию они присуждают: по литературе или в области политики. Да, я бы с этим согласился. Конечно, политические мотивы играют здесь большую роль. Слышал я также, что многое зависит от пробивной силы самого автора – претендента на эту литературную премию. Не знаю, насколько это верно, но если автор не побеспокоится о себе, то шансов у него будет, наверное, меньше.

Есть еще один странный и даже удивительный (для тех, кто не знаком с релятивистской концепцией языка) момент: не очень-то ясно, кого Нобель завещал награждать своей премией по литературе. Уже более ста лет гадают, как трактовать одно заковыристое слово в его завещании. Современная трактовка этого слова сильно отличается от первоначальной. Говорят, что по этой причине Лев Толстой не был в свое время удостоен этой награды.

Однако мне кажется, что основной изъян в деле присуждения международных премий – совсем в другом. В массе своей члены комитета по присуждению премий не владеют языками произведений, которые они рассматривают. На основании чего же они делают заключение? У них есть только два источника: переводы и представления других людей.

Начну с присуждения премий за поэтические произведения. Перевод поэтического произведения абсолютно ничего не говорит о поэтическом таланте соискателя. Другими словами, присуждение Нобелевской премии в этом случае выглядит точно так же, как ситуация в известном анекдоте о Паваротти, заканчивающемся словами: «Нет, я его не слышал, но мне сосед напел».

Присуждать премии по отзывам – это, на мой взгляд, дурной стиль. Что вы скажете, например, о жюри, состоящем из людей без слуха, которое присуждает премии музыкантам-исполнителям только на основании отзывов других людей (пусть даже профессиональных музыкантов)?

А как насчет присуждения премий по литературе прозаикам? Опять же, члены Нобелевского комитета должны слушать отзывы и могут почитать перевод. Мне и такая процедура кажется очень сомнительной. Незнание членами комитета языка произведения, о котором они высказывают свои суждения, означает, что никто из них не жил жизнью народа, на языке которого это произведение написано. Так что (повторяю) эта процедура кажется мне очень сомнительной. Не такой вопиюще неправильной, как процедура присуждения поэтических премий, но...

...но однажды проблема повернулась к литературному сообществу людей неожиданной стороной. Была присуждена Нобелевская премия по литературе русскому писателю за произведение, которое он, по мнению многих, не писал.

Речь идет о романе «Тихий Дон», который считается одним из лучших произведений русской литературы. Спор об авторстве этого произведения идет с тех пор, как были напечатаны первые страницы романа в 1928 году. Эти споры не закончены и в настоящее время.

Есть несколько версий авторства романа. Самая первая из них – большевицкая, которая сразу же вызвала большие сомнения и возражения в писательской среде. Сомневающиеся приводили свои доводы, которые звучали довольно весомо. Большевики привели только один довод, который оказался весомее всех других, вместе взятых. Они заявили, что будут привлекать к судебной ответственности сомневающихся в авторстве их кандидата. На простом языке это означало расстрел, и споры об авторстве сразу же прекратились.

В середине 70-х годов споры возникли вновь. Сомневающиеся изучали «Тихий Дон», стараясь найти всё новые подтверждения своих гипотез. Сторонники большевицкой кандидатуры обычно говорили: "Как можно сомневаться в авторстве нашего прославленного писателя, если у сомневающихся нет никаких доказательств?" И те, кто сомневались, почему-то робели и не отвечали своим оппонентам, что сомневаются как раз именно в тех случаях, когда доказательств нет.

А еще сторонники большевицкой кандидатуры почти в обязательном порядке вспоминали (и вспоминают по сей день) о презумпции невиновности. Трудно сказать, что они имеют в виду. Возможно, они считают, что на это дело можно посмотреть как на обвинение большевицкого кандидата в плагиате. И тогда, мол, на нем как на обвиняемом (или на его защитниках) не лежит обязанность доказать свою невиновность; вместо этого обвинители должны доказать вину обвиняемого.

В таком случае, как мне кажется, сторонники большевицкого кандидата неправы. Потому что разными исследователями уже опубликовано очень много доводов против их кандидата. И для меня, например, они выглядят очень вескими. Так что я бы принял на данный момент позицию противников большевицкого кандидата. Хотя их доводы и не кажутся мне стопроцентными, а просто очень убедительными.

И вот тут я начинаю думать, что те, кто говорят о презумпции невиновности, на самом-то деле имеют в виду степень достоверности доводов. Может быть, они требуют стопроцентных доказательств? Или хотя бы доказательств по формуле «вне всяких рациональных сомнений»? Если это так, то и тогда я их не понимаю. Не понимаю потому, что требования к различным кандидатам на авторство должны быть симметричными. Если мы настаиваем на стопроцентных доказательствах для одного кандидата, то по справедливости должны требовать того же и для любого другого кандидата.

На самом деле исторически ситуация с различными кандидатами на авторство никогда не была симметричной. У сторонников большевицкого кандидата были большие преимущества. Их труд оплачивался государством. Противники их кандидата рисковали жизнью. К тому же большевики, как известно, тщательно уничтожали все неугодные им улики. Тон в этом деле задавал их высший орган власти, заседания которого проходили, как правило, без протоколов. Плюс к этому в их практике большое распространение получило уничтожение архивов. Именно поэтому мне трудно понять все эти разговоры большевиков по поводу презумпции невиновности. Я бы скорее понял тех, кто на все их деяния смотрит сквозь призму «презумпции виновности».

Почему я привожу эту историю здесь в моих заметках? По нескольким причинам. О первой я уже сообщил в начале этого раздела: мне не нравится, что члены комитета по присуждению премий не знают языка произведения, которое они рассматривают. Прочтение ими перевода «Тихого Дона» должно напоминать разглядывание черно-белой репродукции шедевра живописи. В случае с «Тихим Доном» знание русского языка имело бы особый смысл. Мне кажется, что если бы члены Нобелевского комитета владели русским языком, то было бы достаточно показать им всего лишь какой-нибудь одноминутный фрагмент из выступления этого большевицкого писателя. И, я думаю, у них сразу возникли бы большие сомнения в авторстве

«Тихого Дона». Но члены Нобелевского комитета не владели русским языком. А перевод не может заменить живую речь. В самом деле, далеко не все переводы содержат примечания такого рода: «Вот в этом слове писатель сделал неправильное ударение. А вот это слово не принято употреблять в современном литературном языке».

Есть и еще один момент. Тот факт, что члены комитета не жили жизнью России, имеет дополнительное отрицательное значение в случае с «Тихим Доном». Вряд ли они знали о тех «легендах», которые ходили в народе о большевицком писателе. Например, о казусах во время его публичных выступлений (или, говоря языком того времени, закрытых публичных выступлений). Когда писателя спрашивали «Каково ваше эстетическое кредо?», он густо краснел и после некоторой паузы отвечал бранью. А на вопрос о том, какой современный писатель ему нравится, наоборот, отвечал очень быстро и без тени сомнения: «Пушкин».

Если бы члены Нобелевского комитета дышали воздухом России, то они бы всё это знали. И, возможно, захотели бы тогда иметь какие-то подтверждения авторства до того, как они решили вопрос о присуждении премии.

Есть еще одно обстоятельство в этом деле. Многие сейчас говорят, ссылаясь на опубликованные результаты группы скандинавских исследователей, что скандинавами доказано авторство большевицкого писателя с помощью компьютеризированных статистических методов.

Говорят это по чистейшему недоразумению. Никаких таких доказательств нет и, осмелюсь заметить, быть не может на том пути, который избрали скандинавы. Ну, и здесь мне еще раз хочется вернуться к проблеме доказательств с помощью математико-статистических методов. Люди очень часто неправильно понимают математиков-статистиков, когда они пытаются сказать свое слово в какой-то посторонней для них области. Еще хуже обстоят дела, когда статистическими методами занимаются непрофессионалы. Однако иногда и сами математики дают тут маху. Дело осложняется еще и тем, что результаты научных исследований доносятся до простых людей журналистами. В этом случае уже имеется несколько каналов искажения. Канал первый: как сам ученый понял, какое практическое значение имеют его исследования. Канал второй: как он перевел на простой язык это свое понимание. Канал третий: как понял его журналист. Канал четвертый: как журналист изложил это в газете.

Еще хуже, если ваш знакомый рассказывает вам о том, что он прочитал где-то в газете. Здесь сразу добавляются два канала (как ваш знакомый понял газетную статью и как он изложил вам свое понимание о ней). Поэтому мой вам совет: если хотите знать правду о каких-то конкретных исследованиях, знакомьтесь с материалами этих исследований непосредственно. Если вы не можете в них разобраться, то ваше дело худо. Можете, конечно, обратиться за разъяснениями к профессионалам. И если толку вы от них и не добьетесь (потому что их понять будет столь же трудно), то уж и явных глупостей тоже не услышите. Что не так уж и плохо. Не правда ли?

Об авторе

Слава Бродский родился в Тбилиси, но бо́льшую часть своей жизни прожил в Москве. Математик по образованию, он – автор многочисленных работ в области прикладной математической статистики, из которых наибольшую известность получили его книги «Многофакторные регулярные планы» и «Введение в факторное планирование эксперимента».

С 1991 года Слава Бродский живет в Америке. В 2004 году он начал свою писательскую карьеру. Тогда была опубликована его первая повесть «Бредовый суп». В 2007 году почти одновременно выходят его три новые книги. «Релятивистская концепция языка» – одна из них.

Слава Бродский работает исполнительным директором в нью-йоркском отделении голландского банка Rabobank. Его веб-сайт: www.slavabrodsky.com .

www.ingramcontent.com/pod-product-compliance
Lightning Source LLC
Chambersburg PA
CBHW021120130626
46554CB00002B/787